EDIÇÕES BESTBOLSO

Chão em chamas

Juan Rulfo (1917-1986) nasceu em Sayula, no estado de Jalisco, no México. Em 1945 seus primeiros contos foram publicados em revistas, mas foi a partir de *Pedro Páramo* que o autor alcançou prestígio e passou a ser considerado um dos mais celebrados escritores de língua espanhola. A edição original de *Chão em chamas* é de 1953, com 15 contos; em 1970 o mesmo livro ganhou mais dois contos. É esta versão que ganha agora edição de bolso. Em 1970 o autor recebeu o Prêmio Nacional de Literatura do México, e em 1983, o Prêmio Príncipe de Astúrias, na Espanha. Em 1991 foi criado o Prêmio Juan Rulfo, que condecora grandes nomes da literatura latino-americana.

JUAN RULFO

CHÃO EM CHAMAS

Tradução de

ERIC NEPOMUCENO

1ª edição

EDIÇÕES
BestBolso

RIO DE JANEIRO – 2015

CIP-BRASIL. CATALOGAÇÃO NA PUBLICAÇÃO
SINDICATO NACIONAL DOS EDITORES DE LIVROS, RJ

Rulfo, Juan, 1917-1986
R888c Chão em chamas / Juan Rulfo; tradução Eric Nepomuceno. – 1ª ed.
– Rio de Janeiro: BestBolso, 2015.
12x18 cm.

Tradução de: El llano en llamas
ISBN 978-85-7799-461-8
1. Romance mexicano. I. Nepomuceno, Eric, 1948-. II. Título.

CDD: 868.99213
14-14641 CDU: 821.134.2(72)-3

Chão em chamas, de autoria de Juan Rulfo.
Título número 391 das Edições BestBolso.
Primeira edição impressa em abril de 2015.
Texto revisado conforme o Acordo Ortográfico da Língua Portuguesa.

Título original mexicano:
EL LLANO EN LLAMAS

www.edicoesbestbolso.com.br

Design de capa: Rafael Nobre com imagem Getty Images (© Ralph Lee Hopkins) intitulada "Valle de los Cirios flora and fauna, Mexico".

Rua Argentina 171 – 20921-380 – Rio de Janeiro, RJ – Tel.: 2585-2000.

Impresso no Brasil

ISBN 978-85-7799-461-8

A
Clara

Sumário

1
E nos deram a terra

Depois de tantas horas de caminhar sem encontrar nem uma sombra de árvore, nem uma semente de árvore, nem uma raiz de nada, ouve-se o latir dos cães.

Eu às vezes achei, no meio deste caminho sem eira nem beira, que não haveria nada depois, que não se poderia encontrar nada do lado de lá, no final deste chapadão rachado de gretas e arroios secos. Mas sim, alguma coisa existe. Existe um povoado. Ouvem-se os cães latindo, e sente-se no ar o cheiro da fumaça, e saboreia-se esse cheiro de gente como se fosse uma esperança.

Mas o povoado ainda está muito longe. É o vento que o aproxima.

Viemos caminhando desde o amanhecer. Agora são umas quatro da tarde. Alguém espia o céu, estica os olhos até o lugar em que o sol está pendurado, e diz:

– Devem ser umas quatro da tarde.

Esse alguém é Melitón. Junto a ele estão Faustino, Esteban e eu. Somos quatro. Faço a conta: dois adiante, dois atrás. Olho para trás e não vejo mais ninguém. Então digo a mim mesmo: "Somos quatro." Faz algum tempo, lá pelas onze, éramos vinte e tantos; mas de punhadinho em punhadinho foram se espalhando até não sobrar nada mais do que este nó que somos nós.

Faustino diz:

– Pode ser que chova.

Todos nós levantamos a cara e olhamos uma nuvem negra e pesada que passa por cima das nossas cabeças. E pensamos: "Pode ser."

Nenhum de nós diz o que pensa. Já faz tempo que se acabou a nossa vontade de falar. Acabou com o calor. Eu mesmo conversaria à vontade em outro lugar, mas aqui dá trabalho. Aqui a gente fala, e as palavras ficam quentes dentro da boca por causa do calor que faz lá fora, e vão se ressecando na língua da gente até a gente ficar sem fôlego.

Aqui as coisas são assim. Por isso ninguém fala.

Cai uma gota d'água, grande, gorda, fazendo um furo na terra e deixando uma placa como se fosse uma cusparada. Cai sozinha. Nós esperamos que continue caindo mais e buscamos com os olhos. Mas não tem mais nenhuma. Não chove. Agora, quando se olha para o céu o que se vê é a nuvem aguaceira correndo para muito longe, muito depressa. O vento que vem do povoado chega nela, empurrando-a contra as sombras azuis dos morros. E a gota caída por engano é comida pela terra e desaparece em sua sede.

Quem diabo terá feito esta chapada tão grande? Para que serve, hein?

Tornamos a caminhar, tínhamos parado para ver chover. Não choveu. Agora tornamos a caminhar. E de repente me vem a ideia de que caminhamos mais do que andamos. Essa é a ideia que me vem. Se tivesse chovido talvez me viessem outras. Apesar disso, sei que desde que eu era menino nunca vi chover sobre o chapadão, aquilo que a gente chama de chuva mesmo.

Não, a chapada não é coisa que sirva. Não há coelhos nem pássaros. Não há nada. A não ser uns quantos espinheiros mirrados e uma ou outra manchinha de capim amarelado com suas folhas enroscadas; a não ser isso, não há nada.

E por aqui vamos nós. Os quatro a pé. Antes andávamos a cavalo e trazíamos uma carabina à bandoleira. Agora não temos nem as carabinas.

Sempre achei que fizeram bem de tirar nossas carabinas. Por aqui é perigoso andar armado. Matam a gente sem avisar, só de ver a toda hora alguém com "a 30" amarrada nas correias. Mas os cavalos já eram outro assunto. Se estivéssemos a cavalo já teríamos provado a água verde do rio, e passeado pelas ruas do povoado para descer a comida. Já haveríamos feito isso se estivéssemos com aqueles cavalos que tínhamos. Mas também tiraram os nossos cavalos junto à carabina.

Eu me viro para todos os lados e olho o planalto imenso. Tanta e tamanha terra para nada. Os olhos da gente derrapam ao não encontrar nada em que se deter. Só umas quantas lagartixas aparecem botando as cabeças para fora de suas tocas, e depois que sentem a queimadura do sol saem correndo para se esconder na sombrinha de alguma pedra. Mas nós, quando tivermos de trabalhar aqui, o que faremos para enfrentar o sol, hein? Porque nos deram esta crosta de terra seca e dura que nem pedra para a gente semear.

Disseram para nós:

– Do povoado para cá é de vocês.

Nós perguntamos:

– A chapada?

– Sim, a chapada. O chapadão.

Nós levantamos a cara para dizer que não queríamos o planalto. Que queríamos o que estava perto do rio. Do rio para lá, pelo banhado, onde estão aquelas árvores chamadas de casuarinas e o capim colonião. Não este couro duro de vaca chamado de chapada.

Mas não nos deixaram dizer nossas coisas. O delegado não vinha conversar com a gente. Pôs os papéis na mão da gente e disse:

– Não vão se assustar de ter tanto terreno só para vocês.

– É que o chapadão, senhor delegado...

– São milhares e milhares de alqueires.

– Mas não tem água. Nem mesmo para um gargarejo tem água.

– E o temporal? Ninguém disse a vocês que iam ganhar terras de irrigação. Assim que chover por lá, o milho vai se levantar como se tivesse alguém esticando.

– Mas, senhor delegado, a terra está ressecada, dura. A gente acha que o arado nem entra nesse pedregal que é a terra do chapadão. A gente vai ter de abrir buracos com a enxada para botar a semente e nem assim dá para nascer coisa alguma; nem milho nem nada nem coisa alguma.

– Então façam uma reclamação por escrito. Agora podem ir embora. Vocês têm de atacar o latifúndio, não o governo que lhes dá a terra.

– Espere aí, senhor delegado, espere. Nós não dissemos nada contra o governo central. Dissemos contra o chapadão... Não se pode ir contra o que não se pode. Isso é o que nós dissemos... Espere que a gente explica, senhor. Olha, vamos começar por onde estávamos...

Mas ele não quis nos ouvir.

E assim nos deram essa terra. E é nesse assador escaldante que querem que a gente plante semente de alguma coisa, para ver se alguma coisa brota e se levanta. Mas daqui não se levanta nada. Nem urubu. A gente vê eles a cada tanto, muito lá no alto, voando depressa; tratando de sair o mais depressa possível de cima deste pedregal branco e endurecido, onde nada se move e onde caminha-se como quem recua.

Melitón diz:

– Esta é a terra que nos deram.

Faustino diz:

– O quê?

Eu não digo nada. Eu penso: "Melitón não está com a cabeça no lugar. Há de ser o calor que faz com que fale assim. O calor atravessou o seu chapéu e esquentou a sua cabeça. Senão, por que diz o que diz? Que terra nos deram, Melitón? Aqui não tem nem aquele tantinho de terra que o vento ia precisar para fazer um redemoinho."

Melitón torna a dizer:

– Para alguma coisa há de servir. Nem que seja para fazer corrida de éguas.

– Que éguas? – pergunta Esteban.

Eu não tinha reparado direito em Esteban. Agora que ele fala, reparo. Usa um poncho que chega até o umbigo e debaixo do poncho uma coisa parecida com uma galinha põe a cabeça para fora.

Sim, é uma galinha russa que Esteban leva debaixo do poncho. Dá para ver seus olhos adormecidos e o bico aberto, como se bocejasse. Pergunto a ele:

– Escuta, Teban, de onde foi que você afanou esta galinha?

– É minha! – diz ele.

– Antes você não estava com ela. Comprou aonde, hein?

– Não comprei, é a galinha do meu galinheiro.

– Então você trouxe ela de matula, é isso?

– Nada, trouxe para cuidar dela. Minha casa ficou vazia e sem ninguém para dar de comer; foi por isso que eu trouxe ela. Sempre que vou para longe, levo ela.

– Mas é que escondida aí, ela vai sufocar. É melhor tirar para o ar livre.

Ele a acomoda debaixo do braço e sopra o ar quente de sua boca. Depois diz:

– Estamos chegando ao despenhadeiro.

Já não ouço mais o que Esteban continua dizendo. Nos pusemos em fila para descer o barranco e ele vai bem lá na frente. Dá para ver que agarrou a galinha pelas patas e a balança de vez em quando, para desviar sua cabeça das pedras.

Conforme vamos descendo, a terra vai ficando boa. O pó sobe de nós como se fôssemos uma tropa de mulas descendo por ali; mas estamos gostando de nos enchermos de pó. Gostamos. Depois de ter vindo durante onze horas pisando a dureza do chapadão, nos sentimos muito bem, envolvidos naquela coisa que borboleteia sobre nós e que tem gosto de terra.

Por cima do rio, sobre as copas verdes das casuarinas, voam bandos de araras verdes. Disso nós também gostamos.

Agora ouvem-se aqui os latidos dos cães, bem ao nosso lado, e o vento que vem do povoado se espalha pelo barranco e o enche de todos os seus ruídos.

Esteban tornou a abraçar sua galinha quando nos aproximamos das primeiras casas. Desata as suas patas para desintumescê-la e depois ele e sua galinha desaparecem atrás de uns carvalhos.

– Eu vou por aqui! – nos diz Esteban.

Nós seguimos em frente, adentrando o povoado.

A terra que nos deram está lá no alto.

2
A Colina das Comadres

Os finados Torricos sempre foram bons amigos meus. Pode ser que em Zapotlán não gostassem deles; mas, eu que sou eu, digo que sempre foram bons amigos meus, até um tantinho antes que morressem. Agora, essa coisa de não gostarem deles em Zapotlán não tem a menor importância, porque também não gostavam de mim por lá, e pelo que sei o pessoal de Zapotlán jamais conseguiu ver a gente, que morava na Colina das Comadres, com bons olhos. Isso foi assim desde os tempos de antigamente.

Mas é bom lembrar que na Colina das Comadres os Torricos também não se davam bem com ninguém. As desavenças eram seguidas. E se não for falar demais, lá eles eram os donos da terra e das casas que estavam em cima da terra, com tudo; e que quando houve a partição, a maior parte da Colina das Comadres tinha sido repartida da mesma forma entre todos nós, os sessenta que morávamos lá, e para eles, os Torricos, ficou só um pedaço de monte, com uma plantação de mescal e nada mais, mas por onde estavam espalhadas quase todas as casas. Apesar disso, a Colina das Comadres era dos Torricos. A roça que eu trabalhava também era deles: de Odilón e Remigio Torrico, e a dúzia e meia de colinas verdes que a gente via lá embaixo era deles. Não havia por que tentar entender coisa alguma. Todo mundo sabia que era assim.

No entanto, daqueles dias a esta parte, a Colina das Comadres tinha ido se desabitando. De tempos em tempos, alguém ia embora; atravessava o mata-burro onde está o mastro das festas e desaparecia entre as azinheiras e não tornava a aparecer nunca jamais. Iam embora, e pronto.

E eu também teria ido com muito gosto para ver o que havia tão atrás do monte e que não deixava ninguém voltar; mas gostava do terreninho da Colina, e além do mais era bom amigo dos Torricos.

O roçado onde eu semeava todos os anos um tantinho de milho para ter milho verde, e outro tantinho de feijão, ficava pelo lado de cima, lá onde a ladeira desce até o barranco que chamam de Cabeça do Touro.

O lugar não era feio; mas a terra se fazia pegajosa assim que começava a chover, e depois havia um esparramo de pedras duras e afiadas feito facões que pareciam crescer com o tempo. E no entanto o milho pegava bem, e as espigas que davam ali eram muito doces. Os Torricos, que em tudo que comiam precisavam do sal de salitre, em meus milhos, não; nunca procuraram nem falaram em pôr salitre nas espigas do meu milho verde, que eram das que davam em Cabeça do Touro.

E com tudo isso, e com mais aquilo, e que as colinas verdes de lá de baixo eram melhores, a gente foi se acabando. Não iam para as bandas de Zapotlán, mas por este outro rumo, por onde a cada tanto chega esse vento cheio do cheiro das azinheiras e do ruído da montanha. Iam com as bocas bem caladas e sem dizer nada nem brigar com ninguém. A verdade é que tinham vontade de sobra de brigar com os Torricos para se vingar de todo o mal que eles tinham feito; mas não se animaram, os que foram embora.

Com certeza foi isso.

A questão é que depois que os Torricos morreram ninguém mais voltou por aqui. Eu fiquei esperando. Mas ninguém regressou. Primeiro cuidei das casas; remendei os telhados e pus ramos e galhos nos buracos das paredes; mas, vendo que demoravam em regressar, deixei-as em paz. Os únicos que não deixaram de vir nunca foram os aguaceiros de meados de ano, e esses vendavais que sopram em fevereiro e que arrancam o telheiro da gente a cada instante. De vez em quando os corvos vinham voando muito baixinho e grasnando forte como se acreditassem que estavam em algum lugar desabitado.

E assim as coisas foram acontecendo depois que os Torricos morreram.

Antes, daqui, sentado onde estou agora, dava para ver Zapotlán claramente. A qualquer hora do dia e da noite dava para ver a manchinha branca de Zapotlán, lá longe. Mas agora os arbustos tinham crescido muito fechados, e por mais que o ar os balance de um lado para outro não deixam ver nada de nada.

Lembro de como era antes, quando os Torricos também vinham sentar-se aqui e ficavam de cócoras horas e horas até escurecer, olhando para lá sem se cansar, como se este lugar sacudisse os seus pensamentos ou levasse embora as ganas de ir passear em Zapotlán. Só mais tarde fiquei sabendo que não pensavam nisso. Unicamente se punham a ver o caminho: aquela avenidona arenosa e larga, que dava para seguir com o olhar do começo até que se perdia entre os pinheirais do morro da Media Luna.

Eu jamais conheci alguém que tivesse um alcance de vista como o de Remigio Torrico. Era caolho. Mas o olho negro e meio fechado que sobrava parecia aproximar tanto as coisas que quase as trazia para as suas mãos. E disso a saber quais os vultos que se moviam pelo caminho não havia nenhuma diferença. Assim, quando seu olho se sentia satisfeito tendo em quem descarregar o olhar, os dois se levantavam de sua vigia e sumiam da Colina das Comadres por algum tempo.

Eram os dias em que tudo entre nós ficava de outro jeito. As pessoas tiravam das covas da montanha os seus animaizinhos e os traziam para amarrar em seus currais. Então sabia-se que havia cordeiros e perus. E era fácil ver quantos montões de milho e de abóboras-amarelas amanheciam tomando sol nos pátios. O vento que atravessava os morros era mais frio que em outras ocasiões; mas, e não se sabia por quê, todos por ali diziam que estava fazendo muito bom tempo. E a gente ouvia na madrugada os galos cantando como em qualquer lugar tranquilo, e aquilo era como se sempre tivesse havido paz na Colina das Comadres.

Depois os Torricos voltavam. Desde antes de chegar avisavam que vinham, porque seus cachorros saíam na correria e não paravam de latir até encontrá-los. E só pelos latidos todos calculavam a distância e o rumo por onde iriam chegar. Então as pessoas se apressavam para esconder suas coisas outra vez. Sempre foi assim, o medo que os finados Torricos traziam cada vez que regressavam à Colina das Comadres.

Mas eu nunca cheguei a sentir medo deles. Era bom amigo dos dois e às vezes quis ser um pouco menos velho para me meter nos trabalhos em que eles andavam metidos. Só que eu já não servia para grande coisa. Percebi na noite em que os ajudei a roubar um arrieiro. Então percebi que me faltava alguma coisa. Como se a vida que eu tinha estivesse já gasta e não aguentasse mais nenhum estirão. Percebi isso.

Foi a meados das águas quando os Torricos me convidaram para ajudá-los a trazer uns sacos de açúcar. Eu estava um pouco assustado. Primeiro, porque estava caindo uma daquelas tormentas em que a água parece cavar por baixo dos pés da gente. Depois, porque não sabia aonde ia. Seja como for, foi ali que vi o sinal de que não estava feito para andar em andanças.

Os Torricos me disseram que o lugar aonde íamos não era longe. "Em coisa de um quarto de hora chegamos lá", me disseram. Mas quando chegamos no caminho da Media Luna começou a escurecer, e quando chegamos onde o arrieiro estava já era noite alta.

O arrieiro nem se levantou para ver quem chegava. Com certeza estava esperando os Torricos e por isso a nossa chegada não chamou sua atenção. Foi o que pensei. Mas o tempo inteiro que lidamos daqui para lá com os sacos de açúcar o arrieiro ficou quieto, encolhido no meio do capinzal. Então eu disse isso aos Torricos. Eu disse a eles:

– Aquele ali parece estar morto ou coisa parecida.

– Que nada, deve estar é dormindo – me disseram eles. – Nós deixamos ele aqui tomando conta, mas vai ver cansou de esperar e dormiu.

Fui lá e dei um chute nas costelas dele para que ele acordasse mas o homem continuou esticado do mesmo jeito.

– Pois ele está é morto e bem morto – tornei a dizer.

– Não, você está enganado, ele está é assim meio atarantado porque Odilón deu na cabeça dele com um pau, mas depois ele vai se levantar. Você vai ver que assim que o sol sair e o calorzinho bater ele vai se levantar rapidinho e em seguida vai para casa. Apanha aquele saco ali e vamos embora! – Foi tudo que me disseram.

Já no fim e por último dei um último chute no morto e o barulho foi como se eu tivesse chutado um tronco seco. Depois joguei a carga no ombro e vim na frente. Os Torricos vinham me seguindo. Ouvi quando eles cantavam durante um tempão, até que amanheceu. Quando amanheceu parei de ouvi-los. Esse ar que sopra um bocadinho antes da madrugada levou os gritos da sua canção e não deu mais para saber se me seguiam, até que ouvi passar por todos os lados os latidos emendados de seus cachorros.

E foi desse modo que fiquei sabendo o que os Torricos iam espiar todas as tardes, sentados perto da minha casa na Colina das Comadres.

REMIGIO TORRICO quem matou fui eu.

Naquela época tinha sobrado pouca gente nos ranchos. Primeiro tinham ido de um em um mas os últimos foram quase que em manada. Eles se juntaram e foram embora, aproveitando a chegada das geadas. Em anos anteriores chegaram as geadas e acabaram com as plantações numa noite só. E este ano também. Por isso foram embora. Acreditando com certeza que no ano seguinte aconteceria a mesma coisa e parece que já não se sentiram com vontade de continuar aguentando as calamidades do tempo todos os anos e a calamidade dos Torricos o tempo todo.

Assim, quando matei Remigio Torrico, a Colina das Comadres já estava bem vazia de gente, e também as colinas dos arredores.

Isso aconteceu lá por outubro. Eu me lembro que havia uma lua muito grande e muito cheia de brilho, porque me sentei fora da minha casa para remendar um saco todo furado, aproveitando a boa luz da lua, quando me chegou o Torrico.

Devia estar bêbado. Ficou na minha frente e bamboleava de um lado para outro, tapando e destapando a luz da lua que eu precisava.

– Ficar de embromação não é bom – me disse depois de um bom tempo. – Eu gosto das coisas direitas, e se você não gosta, ai de ti, porque eu vim aqui endireitar tudo.

Continuei remendando o saco. Tinha posto todos os meus olhos em costurar os furos, e a agulha de coser arreios trabalhava muito bem quando a luz da lua a iluminava. Na certa, foi por causa disso que ele achou que eu não prestava atenção no que dizia:

– É com você que estou falando – gritou, agora sim bem valentão. – Você sabe muito bem o que eu vim fazer.

Fiquei um pouco espantado quando ele se aproximou e me gritou aquilo quase à queima-roupa. Mesmo assim, tentei enxergar sua cara para saber de que tamanho era a sua valentia e continuei olhando, como se perguntasse o que ele veio fazer.

Aquilo funcionou. Já mais calmo, afastou-se dizendo que gente como eu era preciso pegar desprevenida.

– Minha boca seca só de falar com você depois do que você fez – me disse ele –, mas meu irmão era tão meu amigo como você, e só por causa disso eu vim ver você, para ver como é que explica a morte de Odilón.

Eu o escutava bem e claro. Deixei o saco de lado e fiquei escutando sem fazer mais nada.

Vi como ele colocava em mim a culpa por ter matado seu irmão. Mas não tinha sido eu. Lembrava de quem tinha feito, e teria dito a ele, embora parecesse que do jeito que as coisas estavam não ia me deixar falar nada.

– Odilón e eu chegamos a brigar muitas vezes – continuou dizendo. – Era meio duro de bestunto e gostava de criar caso com todo mundo, mas não passava disso. Com um par de porradas ficava logo calminho. E é isso que eu quero saber: se ele disse alguma coisa a você, ou se quis tirar alguma coisa de você, o que foi que aconteceu, quero saber isso. Pode ser que ele tenha querido bater em você e aí você bateu antes. Alguma coisa assim deve ter acontecido.

Eu balancei a cabeça para dizer que não, que eu não tinha nada a ver...

– Escuta aqui – Torrico me interrompeu –, naquele dia Odilón estava com 14 pesos no bolso da camisa. Quando levantei o corpo, revistei tudo e não encontrei esses 14 pesos. E ontem fiquei sabendo que você comprou um cobertor.

E isso era verdade. Eu tinha comprado um cobertor. Vi que os frios estavam chegando depressa e o poncho que eu tinha estava inteirinho esfarrapando, por isso fui até Zapotlán conseguir um cobertor. Mas para isso havia vendido um par de bodes, e não foi com os 14 pesos de Odilón que eu comprei o cobertor. Ele podia ver que se o saco tinha ficado cheio de furos era porque eu havia levado o cabritinho pequeno metido lá dentro, porque ele ainda não conseguia caminhar do jeito que eu queria.

– Pois fique sabendo de uma vez por todas que eu quero cobrar o que fizeram a Odilón, seja quem for que tenha matado ele. E eu sei quem foi – ouvi que ele dizia quase que em cima da minha cabeça.

– E quer dizer então que fui eu? – perguntei.

– E senão, quem mais? Odilón e eu éramos dois sem-vergonhas e tudo que você quiser, e não digo que nunca matamos alguém; mas nunca foi por tão pouco. E é isso que eu digo a você.

A lua grande de outubro batia em cheio no curral e mandava para a parede da minha casa a sombra comprida de Remigio. Vi que ele se movia na direção de uma ameixeira e agarrava o facão que eu sempre deixava encostado ali. Depois vi que regressava com o facão na mão.

Mas quando ele saiu da frente a luz da lua fez brilhar a agulha de costurar arreios que eu tinha cravado no saco de estopa que estava remendando. E não sei por que, mas de repente comecei a ter uma fé muito grande naquela agulha. Por isso, quando Remigio Torrico passou ao meu lado, desenterrei a agulha da estopa e sem esperar mais nada enterrei-a nele, pertinho do umbigo. Enterrei até onde deu. E deixei-a por lá mesmo.

Logo, logo ele se encolheu inteiro como quando dá uma cólica e começou a tremer até se dobrar pouco a pouco sobre os joelhos e ficar sentado no chão, todo desconjuntado e com o susto aparecendo em seu olho.

Por um momento parecia que ia se levantar para me dar uma facãozada mas com certeza se arrependeu ou já não soube mais o que fazer, soltou o facão e tornou a se encolher. Não fez mais nada.

Então vi que seu olhar ia se entristecendo, como se começasse a se sentir doente. Fazia muito tempo que eu não via um olhar triste daquele jeito, e fiquei com pena. Por isso aproveitei para tirar a agulha do umbigo dele e enterrá-la um bocadinho mais acima, ali onde achei que era o coração. E era mesmo, porque só deu duas ou três mexidas feito frango descabeçado e depois ficou quieto.

Já devia estar bem morto quando disse a ele:

– Olha aqui, Remigio, você me desculpe, mas eu não matei Odilón. Foram os Alcaraces. Eu estava mesmo por lá quando ele morreu, mas lembro muito bem que não fui eu. Foram eles, toda a família inteira dos Alcaraces. Voaram em cima dele, e quando dei fé Odilón estava agonizando. E sabe por quê? Para começar, porque Odilón não devia ter ido a Zapotlán. Você sabe disso. Cedo ou tarde ia acontecer alguma coisa com ele naquele povoado, onde havia tanta gente que se lembrava dele muito bem. E os Alcaraces também não gostavam dele. Nem você nem eu podemos saber o que deu nele de ir se meter com eles.

"Foi uma coisa de repente. Eu tinha acabado de comprar meu poncho e estava de saída quando seu irmão cuspiu um gole de mescal na cara de um dos Alcaraces. Fez isso só por divertimento. Dava para ver que fez só para se divertir, porque fez todo mundo rir. Mas é que estava todo mundo bêbado. Odilón e Alcaraces e todos. E de repente foram para cima dele. Puxaram suas facas e se apinharam em cima dele e bateram nele até que não sobrasse de Odilón nada que servisse para coisa alguma. Morreu disso.

"Como você pode ver, não fui eu que o matei. Eu bem que gostaria que você tivesse toda certeza de que não me intrometi em nada."

Tudo isso eu disse ao finado Remigio.

A lua já tinha se metido no outro lado das azinheiras quando regressei para a Colina das Comadres com a canastra vazia. Antes de tornar a guardá-la, mergulhei-a umas quantas vezes no arroio para enxaguar o sangue. Eu ia precisar dela muitas vezes e não ia gostar de ver o sangue de Remigio a toda hora.

Lembro que isso aconteceu lá por outubro, na altura das festas de Zapotlán. E digo que me lembro que foi por aqueles dias porque em Zapotlán estavam soltando foguetes, enquanto que pelos lados onde joguei Remigio erguia-se uma grande revoada de urubus a cada estrondo dos foguetes.

Disso eu me lembro.

3
É que somos muito pobres

Aqui tudo vai de mal a pior. Semana passada morreu minha tia Jacinta, e no sábado, quando já a havíamos enterrado e a tristeza começava a baixar em nós, desandou a chover como nunca. Papai ficou furioso, porque a colheita inteira de cevada estava tomando sol no solário. O aguaceiro chegou de repente, em grandes ondas de água, sem nos dar tempo para esconder nem que fosse um punhadinho; a única coisa que conseguimos fazer, todo mundo daqui da minha casa, foi ficar encolhidos debaixo do telheiro, vendo como a água fria que caía do céu queimava aquela cevada amarela recém-cortada.

E ontem mesmo, quando minha irmã acabava de fazer 12 anos, ficamos sabendo que a vaca que papai deu de presente para ela no dia do seu santo foi levada pelo rio.

Faz três noites que o rio começou a crescer, lá pela madrugada. Eu estava dormindo fundo e ainda assim o estrondo que o rio fazia ao se arrastar me fez acordar na mesma hora e dar um pulo da cama com meu cobertor na mão, como se tivesse achado que o teto lá de casa estava desmoronando. Mas depois tornei a dormir, porque reconheci o som do rio e porque esse som foi ficando cada vez mais igual até trazer o sono de volta para mim.

Quando me levantei, a manhã estava cheia de nuvens pesadonas e parecia que tinha continuado a chover sem parar.

Dava para ver que o ruído do rio era mais forte e soava mais perto. Dava para cheirar no ar, como se cheira uma queimada, o cheiro de podre da água revolta.

Na hora em que cheguei perto, o rio já tinha perdido suas margens. Ia subindo pouco a pouco pela rua real e estava se metendo a toda na casa daquela mulher que chamam de *a Tambora*. Dava para ouvir o chafurdar da água entrando pelo curral e saindo em grandes jorros pela porta. *A Tambora* ia e vinha caminhando pelo que já era um pedaço de rio, botando para a rua suas galinhas para que fossem se esconder em algum lugar onde a corrente não chegasse nelas.

E pelo outro lado, por onde está a quina das margens, o rio devia ter levado, sabe-se lá desde quando, o tamarineiro que estava no solar da minha tia Jacinta, porque agora já não dava para ver nenhum tamarineiro. Era o único que havia no povoado, e só por isso já dá para ver que esta enchente que a gente está vendo é a maior de todas as que vieram do rio em muitos anos.

Minha irmã e eu tornamos a ir de tarde olhar aquele amontoamento de água que cada vez fica mais espessa e escura e que passa muito por cima de onde a ponte ficava. Ficamos lá horas e horas sem nos cansarmos vendo aquela coisa. Depois subimos pelo barranco, porque a gente queria ouvir direito tudo que o pessoal estava dizendo, pois lá embaixo, ao lado do rio, existe um grande zum-zum e só dá para ver as bocas de muita gente, que se abrem e fecham e é como se quisessem dizer alguma coisa; mas não dá para ouvir nada. Por isso subimos pelo barranco, onde também tem gente olhando o rio e contando os prejuízos que ele causou. Foi lá que ficamos sabendo que o rio tinha levado *a*

Serpentina, a tal vaca que era da minha irmã Tacha porque papai deu para ela de presente no dia do seu aniversário e que tinha uma orelha branca e a outra avermelhada e uns olhos muito bonitos.

Não consigo entender o que deu *na Serpentina* para atravessar aquele rio, quando sabia muito bem que não era o mesmo rio que ela conhecia de todos os dias. *A Serpentina* nunca tinha sido tão atarantada. Na certa deve ter vindo meio dormindo para se deixar assim porque sim. Muitas vezes eu a despertei quando abria a porta do curral, porque senão, se fosse por ela, tinha ficado ali mesmo o dia inteiro com os olhos fechados, bem quieta e suspirando, como a gente ouve as vacas suspirarem enquanto dormem.

E aqui deve de ter acontecido isso dela ter ficado dormindo. Talvez deve ter acordado ao sentir a água pesada batendo em suas costelas. Talvez nessa hora ela tenha se assustado e tentado regressar; mas, ao se virar, sentiu que estava entrevada e contraída de cãibras no meio daquela água negra e dura feito terra corrediça. Talvez tenha mugido pedindo ajuda.

Mugiu só Deus sabe como.

Perguntei a um senhor que viu quando o rio a arrastava se também não tinha um bezerrinho com ela. Mas o homem disse que não sabia se tinha visto um. Só disse que a vaca manchada passou com as patas para o alto muito pertinho de onde ele estava e que logo ali deu meia-volta e depois ele não tornou a ver nem os chifres nem as patas nem nenhum outro sinal de vaca. Pelo rio rodavam muitos troncos de árvores com raízes e tudo e ele estava muito ocupado tentando conseguir lenha, de maneira que não podia ficar prestando atenção para ver se o que a água arrastava eram animais ou troncos.

E só por causa disso não sabemos se o bezerro está vivo, ou se foi atrás da mãe rio abaixo. Se aconteceu isso, que Deus ampare os dois.

A aflição que todo mundo tem lá em casa é pelo que possa acontecer no dia de amanhã, agora que minha irmã Tacha ficou sem nada. Porque meu pai com muito trabalho tinha conseguido *a Serpentina*, desde que era novilha, para dar de presente para a minha irmã, só para que ela tivesse um capitalzinho e não acabasse caindo na estrada e virando puta feito minhas outras duas irmãs mais velhas.

Segundo papai, elas tinham se perdido porque éramos muito pobres lá em casa e elas eram muito rebeldes. Desde pequenininhas já eram reclamonas. E assim que cresceram desandaram a andar com homens da pior espécie, que ensinaram coisas ruins para elas. Aprenderam depressa e entendiam muito bem os assovios, quando as chamavam altas horas da noite. Depois, só voltavam com o dia claro. Iam seguidas vezes até o rio atrás de água e às vezes, quando menos se esperava, lá estavam elas no curral, revolvendo-se no chão, todas peladas e cada qual com um homem montado em cima.

Então meu pai botou as duas para correr. Primeiro aguentou tudo que pôde; só que mais tarde não conseguiu suportar mais e deu uma carreirada nelas. Elas foram para Ayutla ou sei lá para onde; mas viraram putas.

Por isso mesmo papai fica mortificado, agora por causa da Tacha, que não quer acabar que nem as outras duas irmãs, e sente que ficou muito pobre pela falta da sua vaca, vendo que não vai ter com que se ocupar enquanto espera crescer para conseguir casar com um homem bom que consiga gostar dela para sempre. E agora isso vai ficar difícil. Com a vaca era outra coisa, pois não faltaria quem se animasse a casar com ela, para levar junto aquela vaca tão bonita.

Só nos resta a esperança de que o bezerro ainda esteja vivo. Oxalá não tenha tido a ideia de atravessar o rio atrás da mãe. Porque, se foi, vai faltar um tantinho assim para minha irmã Tacha virar puta. E mamãe não quer isso.

Mamãe não sabe por que Deus a castigou tanto ao dar a ela umas filhas assim, quando na sua família, da avó para cá, nunca teve gente ruim. Todos foram criados no temor a Deus e eram muito obedientes e não cometiam irreverências a ninguém. Todos foram desse estilo. Sabe Deus de onde veio para aquele par de filhas suas aquele mau exemplo. Ela mesma, mamãe, não recorda. Vira todas as suas lembranças pelo avesso e não consegue enxergar qual foi o seu mal ou seu pecado para que nascesse uma filha atrás da outra e todas com o mesmo costume ruim. E não lembra. E cada vez que pensa nelas, chora e diz: "Que Deus ampare as duas."

Mas papai alega que aquilo já não tem remédio. O perigo é esta que ficou, a Tacha, que cresce e cresce feito pau de pinheiro e que já tem uns começos de seios que prometem ser que nem os das suas irmãs: pontiagudos e altos e meio alvoroçados, para chamar as atenções.

– Pois é – diz ele –, e encherão os olhos de qualquer um que olhar essa sua irmã. E ela vai acabar mal. É como se eu estivesse vendo ela acabar mal.

E assim, mortificado, fica papai.

E Tacha chora ao sentir que sua vaca não volta mais porque o rio a matou. Ela está aqui, ao meu lado, com seu vestido cor-de-rosa, olhando o rio do barranco e sem parar de chorar. Pela sua cara correm fiozinhos de água suja como se o rio tivesse entrado dentro dela.

Eu a abraço e tento consolá-la, mas não adianta. Ela chora cada vez mais. Da sua boca sai um ruído semelhante ao que se arrasta pelas beiras do rio, faz ela tremer e se sacudir inteirinha, e enquanto isso a enchente continua subindo. O sabor de podre que vem de lá salpica a cara molhada de Tacha e os dois peitinhos dela se movem para cima e para baixo, sem parar, como se de repente inchassem para começar a trabalhar pela sua perdição.

4
O homem

Os pés do homem afundaram na areia, deixando uma pegada sem forma, como se fosse o casco de algum animal. Subiram nas pedras, crispando-se ao sentir a inclinação da subida, depois caminharam para o alto, buscando o horizonte.

"Pés chatos" disse o que seguia as pegadas. "E um dedo a menos. Falta o dedão do pé esquerdo. Fulanos assim não estão sobrando. Por isso mesmo vai ser fácil."

A vereda subia, entre ervas, cheia de espinhos e de cactos. Parecia um caminho de formiga de tão estreito. Subia sem rodeios rumo ao céu. Perdia-se em algum ponto e depois tornava a aparecer mais longe, debaixo de um céu mais distante.

Os pés continuaram pela vereda, sem se desviar. O homem caminhou apoiando-se nos calos dos seus calcanhares, raspando as pedras com as unhas dos seus pés, arranhando os braços, parando em cada horizonte para medir o seu fim: "*Não o meu, mas o dele*", disse. E virou a cabeça para ver quem havia falado.

Nem uma gota de ar, só o eco do seu ruído entre os galhos partidos. Desvanecido pela força de ir às apalpadelas, calculando seus passos, aguentando até a respiração: "*Vou fazer o que tenho de fazer*", tornou a dizer. E confirmou que era ele quem falava.

"Subiu por aqui, rastrilhando o morro", disse o que o perseguia. "Cortou os galhos com um facão. Dá para ver que estava sendo arrastado pela ansiedade. E a ânsia deixa marcas sempre. Vai se perder por causa disso."

Começou a perder o ânimo quando as horas se estenderam e atrás de um horizonte estava outro e o morro por onde subia não terminava. Sacou do facão e cortou os galhos duros feito raízes e trinchou o capim pela raiz. Mascou um escarro imundo e jogou-o na terra com fúria. Chupou os dentes e tornou a cuspir. O céu estava tranquilo lá no alto, quieto, transluzindo suas nuvens entre a silhueta dos pés de cabaça sem folhas. Não era o tempo das folhas. Era aquele tempo seco e ronhoso de espinhos e de espigas secas e silvestres. Golpeava com força o facão sobre as barrilheiras: "*Vai se arrebentar com este trabalhinho, é melhor você deixar as coisas em paz.*"

Ouviu lá atrás a sua própria voz.

"Sua própria ousadia diz quem ele é", disse o perseguidor. "Ele disse quem é, e agora só falta saber onde está. Vou acabar de subir por onde subiu, depois descerei por onde ele desceu, rastreando até cansá-lo. E onde eu parar, ele estará. Vai se ajoelhar e me pedir perdão. E eu vou meter um tiro em sua nuca... É isso que vai acontecer quando eu o encontrar."

Chegou ao final. Só o puro céu, cinzento, meio queimado pela cerração da noite. A terra tinha caído para o outro lado. Olhou a casa na frente dele, de onde saía a última fumaça do rescaldo. Enterrou-se na terra macia, recém-removida. Bateu na porta sem querer, com o cabo do facão. Um cão chegou e lambeu seus joelhos, outro mais correu à sua volta balançando o rabo. Então empurrou a porta que só era trancada à noite

O que o perseguia disse: "Fez um bom trabalho. Nem os despertou. Deve ter chegado por volta da uma, quando o sono é mais pesado; quando começam os sonhos; depois do 'Descansem em paz', quando a vida se solta nas mãos da noite e quando o cansaço do corpo raspa as cordas da desconfiança e as rompe."

"*Não devia ter matado todos eles*", disse o homem. "*Não todos, pelo menos.*" Foi o que ele disse.

A madrugada estava cor de cinza, cheia de ar frio. Desceu para o outro lado, escorregando no pasto. Soltou o facão que ainda estava levando apertado na mão quando o frio intumesceu suas mãos. Deixou-o ali. Viu como brilhava feito um pedaço de cobra sem vida, entre as espigas secas.

O homem desceu buscando o rio, abrindo uma nova brecha no morro.

Muito abaixo o rio corre amolecendo suas águas entre salgueiros florescidos; balançando sua espessa corrente, em silêncio caminha e dá voltas sobre si mesmo. Vai e vem como uma serpentina enroscada sobre a terra verde. Não faz ruído. Alguém poderia dormir ali, ao lado dele, e daria para ouvir a sua respiração, mas não a do rio. A hera desce dos altos salgueiros e afunda na água, junta suas mãos e forma teias de aranha que o rio não desfaz em tempo algum.

O homem encontrou a linha do rio pela cor amarelada dos salgueiros floridos. Não o ouvia. Só o via retorcer-se debaixo das sombras. Viu como chegavam as araras. Na tarde anterior tinham ido seguindo o sol, voando em revoada atrás da luz. Agora o sol estava a ponto de sair e elas regressavam de novo.

Persignou-se até três vezes. "Desculpem", disse. E começou sua tarefa. Quando chegou ao terceiro, deitava jorros de lágrimas. Ou talvez fosse suor. Matar dá trabalho. O couro é flexível. Ele se defende, mesmo que pareça resignado. E o facão estava cego, sem fio: "Vocês me perdoarão", tornou a dizer a eles.

"Sentou-se na areia da praia", foi o que disse quem o perseguia. "Sentou-se aqui e não se moveu durante um bom tempo. Esperou que as nuvens se desfizessem. Mas o sol não saiu naquele dia, nem no dia seguinte. Eu me lembro. Foi naquele domingo em que morreu o recém-nascido e fomos enterrá-lo. Não tínhamos tristeza, só tenho a memória de que o céu estava acinzentado e que as flores que levamos estavam desbotadas e murchas como se sentissem falta do sol.

"Esse homem ficou aqui, esperando. Lá estavam seus rastros: o ninho que fez perto dos matagais; o calor do seu corpo abrindo um poço na terra úmida."

"Eu não devia ter saído da vereda", pensou o homem. *"Por lá, eu já teria chegado. Mas é perigoso caminhar por onde todos caminham, sobretudo levando este peso que eu levo. Este peso que haverá de ser visto por qualquer olho que me olhe; que haverá de ser visto como um inchaço esquisito. Eu sinto que é assim. Quando senti que tinha cortado um dedo, todo mundo viu e eu não, só depois. Por isso agora, mesmo que eu não queira, tenho que ter um sinal. Sinto isso, pelo peso, ou talvez foi o esforço que me cansou."* E depois, acrescentou: *"Não devia ter matado todos eles; teria me conformado com o que tinha de matar; mas estava escuro, e as figuras eram iguais... Afinal de contas, sendo assim, muitos, o enterro custará menos."*

"Você vai se cansar primeiro que eu. Chegarei aonde você quer chegar antes que você esteja lá", disse o que ia atrás dele. "Conheço suas intenções de cor, sei quem é você e de onde você é e aonde você vai. E vou chegar antes que você chegue."

"Este não é o lugar", disse o homem ao ver o rio. *"Vou cruzá-lo aqui e depois um pouco mais para lá e talvez saia na mesma margem. Preciso estar do outro lado, onde não me conhecem, onde nunca estive e ninguém sabe de mim; depois caminharei em frente, até chegar. E de lá ninguém vai me tirar, nunca."*

Passaram outros bandos de araras, grasnando com gritos que ensurdeciam.

"Caminharei mais lá embaixo. Aqui o rio vira um nó e pode muito bem me devolver para onde não quero regressar."

"Ninguém vai fazer mal a você nunca, filho. Estou aqui para proteger você. Por isso nasci antes de você, e meus ossos endureceram primeiro que os seus."

Ouvia sua voz, sua própria voz, saindo devagar de sua boca. Sentia sua voz soar como uma coisa falsa e sem sentido.

Por que teria dito aquilo? Agora seu filho estaria caçoando dele. Ou talvez não. "Talvez esteja cheio de rancor comigo por tê-lo deixado sozinho na nossa última hora. Porque também era a minha; era unicamente a minha. Ele veio atrás de mim. Não procurava vocês, o final da sua viagem era simplesmente eu, a cara que ele sonhava ver morta, esfregada contra o lodo, pisada e chutada até a desfiguração. Do mesmo jeito que eu fiz com o irmão dele; mas eu fiz cara a cara, José Alcancía, na frente dele e na sua frente e você só fazia chorar e tremia de medo. Desde aquele momento, eu soube quem você era e como você viria atrás de mim. Esperei um mês, desperto de dia e de noite, sabendo que você chegaria se arrastando, escondido feito víbora ruim. E você chegou tarde. E eu também cheguei tarde. Cheguei depois de você. O enterro do recém-nascido me atrasou. Agora eu entendo. Agora entendo por que as flores ficaram murchas na minha mão."

"Eu não devia ter matado todos", ia pensando o homem. *"Não valia a pena botar esse peso tão pesado nas minhas costas. Os mortos pesam mais que os vivos; esmagam a gente. Eu devia tê-los apalpado um por um até dar com ele; teria reconhecido pelo bigode; embora estivesse escuro eu teria sabido aonde dar nele antes que ele se levantasse... Mas, enfim, foi melhor assim. Ninguém vai chorar por eles e eu viverei em paz. A coisa agora é encontrar a passagem para ir embora daqui antes que a noite me pegue."*

O homem entrou na estreiteza do rio pela tarde. O sol não tinha saído em todo o dia, mas a luz tinha dado meia-volta, virando as sombras; por isso soube que era depois do meio-dia.

"Você foi pego", disse o que ia atrás dele e que agora estava sentado na beira do rio. "Você meteu-se num atoladouro. Primeiro você fez o seu malfeito, e agora, indo para as covas, foi para a sua própria cova. Nem preciso seguir você até aí. Você vai ter de voltar quando vir que está na mira. Espero você aqui. Aproveitarei o tempo para medir a pontaria, para saber aonde vou meter a bala em você. Eu tenho paciência e você não tem, e essa é a minha vantagem. Tenho meu coração que desliza e dá voltas em seu próprio sangue, e o seu está todo desbaratado, ressecado e cheio de podridão. Essa vantagem também é minha. Amanhã você estará morto, ou talvez depois de amanhã ou dentro de oito dias. Não importa o tempo. Tenho paciência."

O homem viu que o rio se espremia entre paredões altos e se deteve. "*Vou ter de voltar*", disse.

Nestes lugares o rio é largo e fundo e não tropeça em nenhuma pedra. Desliza num leito que parece feito de óleo espesso e sujo. E de vez em quando engole algum galho em seus redemoinhos, sorvendo-o sem que se ouça queixume algum.

"Filho", disse o que estava sentado esperando, "não adianta eu dizer que quem matou você está morto a partir de agora. Será que eu ganho alguma coisa com isso? O nó da questão é que eu não fiquei com você. Adianta explicar alguma coisa? Eu não estava com você. Isso é tudo. Nem com ela. Nem com ele. Não estava com ninguém, porque o recém-nascido não me deixou nenhum sinal de lembrança."

O homem percorreu um longo trecho rio acima.

Na sua cabeça saltavam borbulhas de sangue. "*Eu achei que o primeiro ia acordar os outros com seus estertores, por isso me apressei.*" "Desculpem a minha aflição", disse a eles. E depois sentiu que aquele gorgorejo era igual ao ronco das pessoas dormindo; por isso ficou tão calmo quando saiu para a noite lá de fora, para o frio daquela noite nublada.

PARECIA VIR FUGINDO. Trazia uma porção de lodo nas canelas e não dava mais para saber qual era a cor de suas calças.

Eu vi quando ele mergulhou no rio. Esticou o corpo e depois se deixou ir corrente abaixo, sem mover os braços, como se caminhasse pisando no fundo. Depois chegou à margem e pôs seus trapos para secar. Vi que tremia de frio. Ventava e estava nublado.

Fiquei espiando pelo buraco da cerca onde o patrão me colocava para vigiar seus borregos. Eu virava e olhava aquele homem sem que ele desconfiasse que alguém espiava.

Apoiou-se nos braços e ficou esticando e afrouxando o corpo, deixando arejar para que se secasse. Depois vestiu a camisa e as calças esburacadas. Vi que não trazia facão ou arma alguma. Só o coldre que estava dependurado em sua cintura, órfão.

Olhou e reolhou para todos os lados e foi-se embora. E eu já ia me levantar para arriar meus borregos, quando vi que ele voltava com a mesma cara de desorientado.

Meteu-se outra vez no rio, no braço do meio, de regresso. "O que esse homem está querendo?", me perguntei.

E nada. Ele se pôs de volta no rio e a corrente soltou-se sacudindo-o como um cata-vento, e um pouco mais e ele se afogava. Mexeu muito os braços e enfim não conseguiu varar o rio e saiu lá embaixo, botando para fora golfadas de água até se destripar.

Tornou a fazer a operação de secar-se pelado e depois embicou rio acima pelo rumo por onde havia vindo.

Que me dessem ele agora mesmo. Se soubesse o que ele tinha feito eu o teria detonado a pedradas e não ficaria nem sabendo de arrependimento.

Eu já dizia que ele era um foragido. Bastava ver a cara dele. Mas eu não sou adivinho, senhor doutor. Sou só um cuidador de borregos e se o senhor quiser sou até meio medroso quando se dá a ocasião. Embora, como o senhor diz, eu bem que podia ter pegado ele desprevenido e uma pedrada bem dada na cabeça o teria deixado esticado de vez ali mesmo. Não tem que tire do senhor a razão que o senhor tem.

Isso que o senhor me conta, de todas as mortes que ele devia e que acabava de efetuar, eu não me perdoo. Gosto de matar matadores, pode acreditar. Não é meu costume; mas deve ser saboroso ajudar a Deus a acabar com esses filhos do mal.

O negócio é que nem tudo ficou por isso mesmo. No dia seguinte vi ele chegar de novo. Mas eu ainda não sabia de nada. Se soubesse!

Vi ele chegando mais magro do que um dia antes, com os ossos espetando a pele, com a camisa rasgada. Não achei nem que fosse ele, de tão mudado.

Reconheci pelo fio dos seus olhos: meio duros, como se machucassem. Vi como ele bebia água e depois bochechava como quem está enxaguando a boca; mas o que acontecia é que ele tinha engolido um bom punhado de girinos, porque o charco onde se pôs a beber era baixinho e estava cheio de girinos. Devia estar com fome.

Vi os olhos dele, que eram dois buracos escuros como uma cova. Chegou até onde eu estava e me disse: "Essas borregas são suas?" E eu disse que não. "São de quem as pariu", foi o que eu disse.

Não achou nenhuma graça. Nem mostrou um dente. Chegou-se na mais gorda das minhas borregas e com suas mãos feito tenazes agarrou-a pelas patas e sorveu seu mamilo. Daqui dava para ouvir os balidos do animal; mas ele não a soltava, continuava um chupa que chupa até se fartar de mamar. E eu digo e conto que tive de jogar creolina nos ubres para que desinflamassem e não se infectassem pelas mordidas que o homem tinha dado neles.

O senhor está dizendo que ele matou a família dos Urquidi inteirinha? Se eu soubesse disso tinha abatido ele a pauladas.

Mas é que eu sou um ignorante das coisas. Vivo remontado no morro, sem lidar com ninguém além dos borregos, e os borregos não me contam nenhuma novidade dessas que acontecem.

E no outro dia ele tornou a aparecer. Ao chegar eu, chegou ele. E até fizemos assim que nem uma amizade.

Ele me contou que não era daqui, que era de um lugar muito longe; mas que não conseguia andar porque suas pernas falhavam: "Caminho e caminho, e não ando nada. Minhas pernas se dobram de tanta fraqueza. E minha terra está longe, para lá daqueles morros." Ele me contou que tinha passado dois dias sem comer outra coisa que não fossem ervas daninhas. Foi o que ele me disse.

O senhor diz que ele não sentiu nada de piedade quando matou os parentes dos Urquidi? Pois se eu soubesse disso ele tinha enfrentado o juízo final de boca aberta enquanto estava bebendo o leite das minhas borregas.

Mas não parecia ser mau. Ele me contava da sua mulher e de seus filhotes. E de como estavam longe dele. Quando se lembrava deles engolia as remelas do nariz

E estava para lá de magro, como descarnado. Ainda ontem mesmo comeu um pedaço de animal que tinha sido morto por um raio. Um pedaço amanheceu comido na certa pelas formigas cortadeiras e o pedaço que sobrou ele assou nas brasas que eu acendia para aquecer as tortilhas e depois deu um fim nele. Roeu os ossos até deixar todos eles lisinhos.

"Esse bichinho morreu de doença", eu falei para ele.

Mas ele nem fez que me ouviu. Comeu tudinho. Estava com fome.

Mas o senhor diz que ele acabou com a vida dessas pessoas. Se eu soubesse. Isso é o que dá ser ignorante e confiado. Eu não passo de um borregueiro e daí em diante não sei mais nada. Só de pensar que ele comia das minhas próprias tortilhas e raspava meu prato com elas!

Quer dizer então que agora que eu venho dizer ao senhor do que sei, eu saio como encobridor? Pois muito bem. E o senhor vem dizer que vai me meter na cadeia porque eu escondi esse indivíduo? Pois nem que fosse eu quem matou essa família. Eu só vim aqui dizer para o senhor que lá num charco do rio está um defunto. E o senhor me alega que desde quando e como é e de que jeito é esse defunto. E agora que eu digo, viro encobridor. Pois essa não.

Pode acreditar em mim, senhor doutor, que se eu tivesse sabido quem era aquele homem não faltaria o jeito de eu fazer ele se perder para sempre e ninguém achava. Mas o que é que eu sabia? Eu não sou adivinho. Ele só me pedia de comer e me falava de seus meninos, jorrando lágrimas.

E agora está morto. Eu achei que tinha posto seus trapos para secar no meio das pedras do rio; mas era ele mesmo, inteirinho, que está lá de boca para baixo, com a cara metida na água. Primeiro achei que tinha se dobrado ao se empinar em cima do rio e que não tinha mais conseguido levantar a cabeça e que depois tinha se posto a ressoprar a água, até que vi o sangue coagulado que saía da boca dele e a nuca repleta de buracos como se tivessem brocado ela.

Eu não vou explicar. Só venho dizer ao senhor o que aconteceu, sem tirar nem pôr nada. Sou borregueiro e não sei de mais nada.

5
Na madrugada

San Gabriel sai da névoa úmido de orvalho. As nuvens da noite dormiram sobre o povoado buscando o calor das pessoas. Agora o sol está para sair e a neblina se levanta devagar, enrolando seu lençol, deixando fiapos brancos em cima dos telhados. Um vapor cinzento, que mal se vê, sobe das árvores e da terra molhada atraído pelas nuvens, mas se desvanece em seguida. E atrás dele aparece a fumaça negra dos fogões, cheirando a lenha de azinheira queimada, cobrindo o céu de cinzas.

Lá, ao longe, as montanhas ainda estão em sombras.

Uma andorinha atravessou as ruas e em seguida soou o primeiro sino da alvorada.

As luzes se apagaram. Então uma mancha como de terra envolveu o povoado, que continuou roncando um pouco mais, adormecido no calor do amanhecer.

Pelo caminho de Jiquilpan, entre margens de árvores frondosas, o velho Esteban vem montado no lombo de uma vaca, comboiando o gado da ordenha. Subiu no animal para que os gafanhotos não saltem em sua cara. Espanta os borrachudos com seu chapéu e de vez em quando tenta assoviar com sua boca sem dentes para as vacas, para que elas não se espalhem. Elas caminham ruminando, salpicando-se com o orvalho do pasto. A manhã está clareando. Ouve o dobrar dos sinos da alvorada em San Gabriel e desce da vaca, ajoelhando-se no solo e fazendo o sinal da cruz com os braços estendidos.

Uma coruja grasna no vão das árvores e então ele sobe de novo no lombo da vaca, tira a camisa para que com o vento o susto vá embora, e continua seu caminho.

"Uma, duas, dez", conta as vacas quando passa pelo mata-burros que existe na entrada do povoado. Detém uma delas pelas orelhas e diz a ela, esticando bem os lábios: "Agorinha mesmo vão desfilhar você, carecona. Pode chorar se quiser; mas é o último dia em que você vai ver o seu bezerro." A vaca olha para ele com olhos tranquilos, sacode o rabo até bater no homem, e caminha em frente.

Estão dando agora a última badalada da alvorada.

Não se sabe se as andorinhas vêm de Jiquilpan ou se saem de San Gabriel; só se sabe que vão ziguezagueando, molhando o peito no lodo dos charcos sem perder o voo; algumas carregam alguma coisa no bico, recolhem o lodo com suas penas timoneiras e se afastam, saindo do caminho, perdendo-se no horizonte sombrio.

As nuvens já estão sobre as montanhas, tão distantes que parecem apenas remendos acinzentados presos nas fraldas daqueles morros azuis.

O velho Esteban olha as serpentinas coloridas que correm pelo céu: vermelhas, alaranjadas, amarelas. As estrelas vão se fazendo brancas. As últimas chispas se apagam e o sol brota, inteiro, pondo gotas de vidro na ponta do capim.

"Eu estava com o umbigo frio porque estava com ele ao vento. Já nem me lembro por quê. Cheguei no pátio do curral e não abriram a porteira. A pedra com que estive batendo na porteira se quebrou. Então achei que meu patrão Dom Justo tinha ficado dormindo. Não disse nada às vacas, nem expliquei nada a elas; fui embora sem que elas me vissem, para que não me seguissem. Procurei um lugar onde a cerca estivesse baixinha e subi ali e caí no outro lado, entre os bezerros. E já estava eu tirando a tranca da porteira quando vi o patrão Dom Justo que saía do lugar onde ficava o jirau, e com a menina Margarita dormindo em seus braços, e que atravessava o curral sem me ver. Eu me escondi até sumir me encolhendo contra a parede, e na certa ele não me viu. Pelo menos foi o que achei."

O velho Esteban deixou as vacas entrarem uma a uma, enquanto as ordenhava. Deixou para o fim a que ia perder o filho, e a vaca ficou bramando e bramando, até deixá-la entrar de tanta pena. "Pela última vez", disse ele, "olha para ele, lamba ele; olha para ele como se ele fosse morrer. Você já está para parir de novo e até agora ainda está encarinhada por este grandalhão." E disse ao bezerro: "Saboreie e ponto final, porque já não são suas; você vai perceber que este leite é leite terno, para recém-nascido." E deu uns chutes no bezerro, ao reparar que mamava nas quatro tetas: "Vou quebrar a sua cara, seu filho de uma vaca."

"EU TERIA ARREBENTADO o focinho dele, não fosse o patrão Dom Justo ter aparecido, e aí foi ele que me chutou até eu me acalmar. Dom Justo me sovou com tanta porrada que fiquei dormindo entre as pedras, com os ossos trovoando de tão soltos que ficaram. Lembro que durei esse dia inteiro escangalhado e sem conseguir me mexer por causa da inchação que apareceu depois e por causa da muita dor que dura até agora.

O que aconteceu depois? Não fiquei sabendo. Não tornei a trabalhar com ele. Nem eu nem ninguém, porque morreu naquele mesmo dia. O senhor não sabia? Vieram na minha casa me dizer isso, enquanto eu estava deitado no catre, com a velha ali do meu lado me botando compressas e cataplasmas. Chegaram com esse aviso. E que andavam dizendo que eu tinha matado ele, disseram os dizentes. Pode até ter sido; mas eu não me lembro. O senhor não acha que matar um próximo deixa rastros? Deve deixar, e mais ainda quando se trata do nosso superior. Mas se me botaram aqui na cadeia, por algum motivo deve ser, o senhor não acha? Ainda que, veja só, eu lembro bem até o momento em que bati no bezerro e de quando o patrão avançou em mim, até aí a memória vai muito bem; depois é tudo enevoado. Sinto que dormi de repente e que quando acordei estava no meu catre, com a velha ali ao meu lado me consolando de minhas dores como se eu fosse um menininho e não este velho destrambelhado que sou. Até disse a ela: 'Chega, cala a boca!' Lembro muito bem de ter dito isso, então como é que não ia me lembrar que tinha matado um homem? E no entanto dizem que matei Dom Justo. Então dizem que matei? Dizem que foi com uma pedra, não é? Ora, ainda bem, porque se dissessem que tinha sido com um punhal estariam perdidos, porque eu não carrego punhal desde que era moço e disso já lá se vai uma boa fileira de anos."

Justo Brambila deixou sua sobrinha Margarita em cima da cama, tratando de não fazer ruído. No quarto ao lado, sua irmã, entrevada fazia dois anos, dormia imóvel, com seu corpo feito de trapo; mas sempre acordada. Tinha somente um instante de sono, ao amanhecer; era quando dormia como se se entregasse à morte.

Despertava com o sair do sol, agora. Quando Justo Brambila deixava o corpo adormecido de Margarita sobre a cama, ela começava a abrir os olhos. Ouviu a respiração de sua filha e perguntou: "Onde você esteve à noite, Margarita?" E antes que começassem os gritos que acabariam de acordá-la, Justo Brambila abandonou o quarto, em silêncio.

Eram seis da manhã.

Foi até o curral para abrir a porteira para o velho Esteban. Pensou também em subir no jirau, para desfazer a cama onde ele e Margarita tinham passado a noite. "Se o senhor padre autorizasse isso, eu me casaria com ela; mas tenho certeza que armará um escândalo se eu pedir isso. Vai dizer que é um incesto e vai excomungar os dois. É melhor então deixar tudo como está, em segredo." Nisso ia pensando ele, quando viu o velho Esteban brigando com o focinho do animal e dando chutes em sua cabeça. Parecia que o bezerro já estava desancado porque esfregava as patas no chão sem conseguir se endireitar.

Correu e agarrou o velho pelo pescoço e jogou-o contra as pedras, dando chutes e gritando coisas que nunca tinha nem imaginado. Depois sentiu que sua cabeça enevoava e que caía rebotando em cima do chão do curral. Quis se levantar e tornou a cair, e na terceira tentativa ficou quieto. Uma nuvenzona negra cobriu seu olhar quando quis abrir os olhos. Não sentia dor, só uma coisa negra que foi escurecendo seu pensamento até a escuridão total.

O VELHO ESTEBAN se levantou já com o sol alto. Foi caminhando aos poucos, gemendo. Nunca se soube como abriu a porta e se jogou na rua. Nunca se soube como é que chegou em casa, com os olhos fechados, deixando aquele rastilho de sangue por todo o caminho. Chegou e se deitou em seu catre e tornou a dormir.

Deviam ser umas onze da manhã quando Margarita entrou no curral, procurando Justo Brambila, chorando porque sua mãe tinha dito, depois de muito sermão, que ela era uma prostituta.

Encontrou Justo Brambila morto.

"Então dizem que eu matei. Até que podia ser. Mas também pode ser que ele tenha morrido de raiva. Tinha um gênio danado de ruim. Achava tudo ruim: que os cochos estavam sujos; que os bebedouros não tinham água; que as vacas estavam mais do que magras. Achava tudo ruim; não gostava nem de me achar magro. E como é que eu não ia ser magro, se mal e mal comia? Eu passava a vida viajando com as vacas: levava para Jiquilpan, onde ele tinha comprado um capinzal de pasto; esperava que comessem e depois trazia todas de volta para chegar com elas de madrugada. Aquilo parecia uma peregrinação eterna.

"E agora o senhor está vendo, me prenderam na cadeia e vão me julgar na semana que vem porque eu matei Dom Justo. E eu não me lembro; pode até ter sido. Vai ver nós dois estávamos cegos e não percebemos que um matava o outro. Pode até ter sido. A memória, nesta minha idade, é enganosa; por isso eu dou graças a Deus, porque, se acabarem com todas as minhas faculdades, não é muito o que eu perco, já que não me sobra quase que nenhuma. E quanto à minha alma, pois também encomendo a Ele."

Sobre San Gabriel, a neblina caía de novo. Nos morros azuis ainda brilhava o sol. Uma mancha de terra cobria o povoado. Depois veio a escuridão. Nessa noite não acenderam as luzes, de luto, pois Dom Justo era o dono da luz. Os cães uivaram até o amanhecer. Os vidros coloridos da igreja ficaram acesos até o amanhecer com a luz dos círios, enquanto velavam o corpo do finado. Vozes de mulheres cantavam no semissono da noite: "Saiam, saiam, saiam, almas penadas", com voz de falsete. E os sinos estiveram dobrando a finados a noite inteira, até o amanhecer, até serem cortados pelo toque de alvorada.

6
Talpa

Natalia se meteu nos braços da mãe e ali chorou longamente um pranto baixinho. Era um pranto aguentado por muitos dias, guardado até agora que regressamos a Zenzontla e viu sua mãe e começou a sentir vontade de consolo.

E no entanto, antes, entre os trabalhos de tantos dias difíceis, quando tivemos que enterrar Tanilo num poço de terra de Talpa, sem que ninguém nos ajudasse, quando ela e eu, os dois sozinhos, juntamos nossas forças e nos pusemos a escavar a sepultura desenterrando os torrões com nossas mãos – apressados para esconder logo Tanilo dentro do poço para que ele deixasse de espantar todo mundo com o odor de seu ar cheio de morte –, então ela não chorou.

Nem depois, na volta, quando viemos caminhando de noite sem conhecer sossego, andando às apalpadelas como quem dorme e pisando com passos que pareciam golpes sobre a sepultura de Tanilo. Naquele momento, Natalia parecia estar endurecida e trazer o coração apertado para não senti-lo bulindo dentro dela. Mas de seus olhos não saiu nenhuma lágrima.

Veio chorar aqui, abraçada à mãe; só para afligi-la e para que soubesse que sofria, afligindo ao mesmo tempo todos nós, porque eu também senti aquele pranto dela dentro de mim como se estivesse espremendo o pano de nossos pecados.

Porque a questão é que Natalia e eu juntos matamos Tanilo Santos. Levamos ele para Talpa para que morresse. E ele morreu. Sabíamos que não aguentaria tanto caminho; mas, mesmo assim, levamos Tanilo, uma hora um empurrando, outra hora outro, pensando em acabar com ele para sempre. Foi isso que a gente fez.

A IDEIA DE IR A TALPA saiu de meu irmão Tanilo. Foi ele quem primeiro pensou nisso. Fazia anos que estava pedindo que alguém o levasse. Fazia anos. Desde aquele dia em que amanheceu com umas bolhas roxas espalhadas pelos braços e pelas pernas. Quando depois as bolhas viraram chagas por onde não saía nada de sangue mas uma coisa amarela que nem goma de incenso que destilava uma água espessa. A partir de então eu me lembro muito bem que nos disse quanto medo sentia de não ter mais remédio. Para isso queria ir ver a Virgem de Talpa; para que Ela, com seu olhar, curasse as suas chagas. Mesmo sabendo que Talpa ficava longe e que teríamos de caminhar muito debaixo do sol dos dias e do frio das noites de março, e ainda assim ele quis ir. A Virgem seria o remédio para dar alívio àquelas coisas que não secavam nunca. Ela sabia fazer isso: lavar as coisas, botar tudo novo de novo como um campo recém-chovido. E lá, diante Dela, se acabariam os seus males; nenhuma coisa doeria nem tornaria a doer jamais. Era isso que ele pensava.

E foi nisso que Natalia e eu nos agarramos para levá-lo. Eu tinha de acompanhar Tanilo porque era meu irmão. Natalia também teria de ir, do jeito que fosse, porque era sua mulher. Tinha de ajudá-lo levando-o pelo braço, aguentando Tanilo na ida e talvez na volta sobre seus ombros, enquanto ele arrastasse sua esperança.

Desde antes eu já sabia o que havia dentro de Natalia. Alguma coisa dela eu conhecia. Sabia, por exemplo, que suas pernas redondas, duras e quentes como pedras ao sol do meio-dia, estavam sozinhas fazia tempo. Disso eu já sabia. Tínhamos estado juntos muitas vezes; mas a sombra de Tanilo sempre nos separava: sentíamos que suas mãos cheias de bolhas se metiam entre nós e levavam Natalia para que ela continuasse cuidando dele. E seria sempre assim enquanto ele estivesse vivo.

Agora eu sei que Natalia está arrependida pelo que aconteceu. E eu também estou; mas isso não nos salvará do remorso nem nos dará paz nunca mais. Saber que Tanilo teria morrido de qualquer jeito não conseguirá nos tranquilizar, nem saber que não adiantaria nada ir a Talpa, tão e tão longe; pois é quase certo que do mesmo jeito ele morreria lá ou aqui, ou talvez um bocadinho depois aqui do que lá, porque tudo que ele se mortificou pelo caminho, e o sangue que perdeu além da conta, e a pena e tudo, todas essas coisas juntas foram as que mataram meu irmão mais depressa. Ruim mesmo é saber que Natalia e eu o levamos aos empurrões, quando ele não queria mais continuar, quando sentiu que era inútil continuar e pediu para voltar. Fomos arrastando Tanilo para levantá-lo do chão e que continuasse caminhando, dizendo que não dava mais para voltar atrás. "Já estamos mais perto de Talpa do que de Zenzontla." Era o que a gente dizia. Mas Talpa ainda estava muito longe; para mais de muitos dias.

O que a gente queria era que ele morresse. Não é exagero dizer que era isso que a gente queria muito antes de sair de Zenzontla e em cada uma das noites que passamos no caminho de Talpa. É uma coisa que agora nós não conseguimos entender; mas naquele momento era o que a gente queria Lembro-me muito bem.

Lembro-me muito bem daquelas noites. Primeiro nos iluminávamos acendendo nó de pinho. Depois deixávamos que a cinza escurecesse a fogueira e depois Natalia e eu procurávamos a sombra de qualquer coisa para nos escondermos da luz do céu. E assim nos aproximávamos da solidão do campo, fora dos olhos de Tanilo e desaparecidos na noite. E aquela solidão nos empurrava um para o outro. Para mim, colocava entre meus braços o corpo de Natalia, e para ela aquilo era como um remédio. Sentia como se descansasse; esquecia-se de muitas coisas e depois ficava adormecida e com o corpo mergulhado num grande alívio.

Acontecia sempre de a terra onde nós dormíamos estar quente. E a carne de Natalia, a mulher de meu irmão Tanilo, aquecia-se em seguida com o calor da terra. Depois aqueles dois calores juntos queimavam e me faziam despertar do meu sono. Então minhas mãos iam atrás dela; iam e vinham por cima daquele rescaldo que era ela; primeiro suavemente, mas depois a apertavam como se quisessem espremer seu sangue. E assim uma e outra vez, noite atrás de noite, até que chegava a madrugada e o vento frio apagava o lume dos nossos corpos. Era o que Natalia e eu fazíamos na beira do caminho de Talpa, quando levamos Tanilo para que a Virgem o aliviasse.

Agora tudo isso já aconteceu. Tanilo se aliviou até de viver. Já não poderá dizer nada do trabalho tão grande que viver custava, tendo aquele corpo como envenenado, cheio por dentro de água podre que saía por cada rachadura de suas pernas ou de seus braços. Umas chagas grandes desse jeito, que se abriam devagarinho, bem devagarinho, para depois deixar sair aos borbotões um ar como de coisa jogada fora e que assustava todos nós.

Mas agora que ele está morto a coisa parece outra. Agora Natalia chora por ele, talvez para que ele veja, lá de onde estiver, o grande remorso que ela carrega em cima da alma. Ela diz que nesses últimos dias viu a cara de Tanilo. Era a única coisa dele que servia para ela; a cara de Tanilo, sempre umedecida pelo suor causado pelo esforço para suportar suas dores. Sentiu-a chegando perto de sua boca, escondendo-se entre seus cabelos, pedindo, com um fiapo de voz, que o ajudasse. Diz ela que a voz disse que estava enfim curado; que nenhuma dor o incomodava. "Agora posso ficar com você, Natalia. Agora, me ajuda a ficar com você", diz ela que a voz disse.

Nós tínhamos acabado de sair de Talpa, de deixá-lo por lá, enterrado bem fundo naquela cova profunda que fizemos para sepultá-lo.

E desde então Natalia se esqueceu de mim. Eu bem sei como antes seus olhos brilhavam como se fossem charcos iluminados pela lua. Mas de repente se descoloriram, e seu olhar se apagou como se tivesse escorrido na terra. E parecia não ver mais nada. Tudo que existia para ela era o Tanilo dela, que ela tinha cuidado enquanto estava vivo e que depois, quando teve de morrer, ela enterrou.

Levamos vinte dias até encontrar o caminho de Talpa. Até ali tínhamos vindo os três sozinhos. Dali começamos a nos juntar com gente que vinha de todo canto; que tinha desembocado conosco naquele caminho largo parecido com a corrente de um rio, que nos fazia andar arrastados, empurrados por todos os lados como se nos levassem amarrados com fios de poeira. Porque da terra se erguia, com o bulir das pessoas, uma poeira branca feito farinha de milho, que subia muito alto e tornava a cair; mas os pés, ao caminhar, devolviam aquela farinha e faziam subir de novo; e desse jeito, aquele pó estava o tempo inteiro acima e abaixo de nós. E acima daquela terra estava o céu vazio, sem nuvens, só a poeira; mas a poeira não faz nenhuma sombra.

Tínhamos de esperar a noite para descansar do sol e daquela luz branca do caminho.

Depois os dias foram se fazendo mais longos. Havíamos saído de Zenzontla em meados de fevereiro, e, agora que começava março, amanhecia cedo. Mal fechávamos os olhos ao escurecer, e o sol tornava a nos despertar, o mesmo sol que parecia ter acabado de se pôr pouco antes.

Eu nunca tinha sentido que a vida fosse mais lenta e violenta ao caminhar entre um amontoado de gente; como se fôssemos um fervedouro de vermes amontoados debaixo do sol, retorcendo-nos na cerração do pó que nos trancava na mesma vereda e nos levava como se estivéssemos encurralados. Os olhos seguiam a poeira; davam na poeira como se tropeçassem numa coisa que não conseguiam transpassar. E o céu sempre cor de cinza, como uma mancha cinzenta e pesada que nos esmagava lá do alto. Só às vezes, quando cruzávamos algum rio, o pó era mais alto e mais claro. Mergulhávamos a cabeça esquentada e enegrecida na água verde, e por um momento de todos nós saía uma fumaça azul, parecida com o vapor que sai da boca no frio. Mas logo depois desaparecíamos outra vez misturados no pó, protegendo-nos uns aos outros do sol, daquele calor do sol repartido entre todos.

Algum dia a noite chegará. Pensávamos nisso. A noite chegará e vamos descansar. Agora a questão é atravessar o dia, cruzá-lo do jeito que for para correr do calor e do sol. Depois a gente vai parar. Depois. Agora o que temos de fazer é esforço atrás de esforço para ir depressa atrás de tantos como nós e na frente de outros muitos. É disso que se trata. Já descansaremos bastante quando estivermos mortos.

Era nisso que pensávamos Natalia e eu e talvez Tanilo também, quando íamos a caminho de Talpa, no meio da procissão; querendo ser os primeiros a chegar na Virgem, antes que seus milagres acabassem.

Mas Tanilo começou a ficar pior. Chegou o momento em que não queria mais continuar. A carne de seus pés tinha arrebentado e por aquele rebentão começou a sair sangue. Cuidamos dele até ficar bom. Mas, ainda assim, não queria mais continuar:

"Vou ficar aqui sentado um dia ou dois e depois volto para Zenzontla." Foi o que ele disse para nós.

Mas Natalia e eu não quisemos. Havia alguma coisa dentro de nós que não nos deixava sentir pena alguma por Tanilo algum. Queríamos chegar a Talpa com ele, porque naquela altura, do jeito que ele estava, ainda tinha vida de sobra. Por isso enquanto Natalia enxaguava seus pés com aguardente para que desinchassem, tratava de animá-lo. Dizia que só a Virgem de Talpa iria curá-lo. Ela era a única que podia fazer com que se aliviasse para sempre. Ela e ninguém mais. Havia muitas outras Virgens; mas só a de Talpa era a boa. Isso dizia Natalia a ele.

E então Tanilo se punha a chorar com lágrimas que faziam sulcos no meio do suor de sua cara e depois se amaldiçoava por ser mau. Natalia limpava seus jorros de lágrimas com o xale, e ela e eu levantávamos Tanilo do chão para que ele caminhasse um pouco mais, antes que a noite chegasse.

E assim, aos empurrões, chegamos com ele a Talpa.

Nos últimos dias nós também já nos sentíamos cansados. Natalia e eu sentíamos o corpo ir se dobrando mais e mais. Era como se alguma coisa nos detivesse e descarregasse um volume pesado em cima de nós. Tanilo caía mais vezes e tínhamos de levantá-lo e às vezes levá-lo em cima dos ombros. Talvez por isso estivéssemos do jeito que estávamos: com o corpo frouxo e cheio de frouxidão para caminhar. Mas as pessoas que iam ali ao nosso lado nos faziam andar mais depressa.

Nas noites, aquele mundo desembestado se acalmava. Espalhadas por todos os lados brilhavam as fogueiras e ao redor do lume as pessoas da peregrinação rezavam o rosário, com os braços em cruz, olhando para o céu de Talpa. E ouvia-se como o vento levava e trazia aquele rumor, remexendo-o, até fazer dele um mugido só. Pouco depois tudo ficava quieto. Lá pela meia-noite dava para ouvir que alguém cantava muito longe de nós. Depois os olhos se fechavam e esperava-se, sem adormecer, que amanhecesse.

ENTRAMOS EM TALPA cantando o Louvado.

Tínhamos saído em meados de fevereiro e chegamos a Talpa nos últimos dias de março, quando muita gente já voltava. Tudo isso porque Tanilo se pôs a fazer penitência. Assim que se viu rodeado por homens que usavam pencas de cacto dependuradas como escapulário, ele também pensou em usar. Resolveu amarrar os pés um no outro com as mangas de sua camisa para que seus passos ficassem mais desesperados. Depois resolveu usar uma coroa de espinhos. Um pouquinho depois vendou os olhos, e mais tarde, nos últimos trechos do caminho, ajoelhou-se na terra, e assim, andando sobre os ossos de seus joelhos e com as mãos cruzadas para trás, aquela coisa que era meu irmão Tanilo Santos chegou a Talpa; aquela coisa tão cheia de cataplasmas e de fios escuros de sangue e que deixava no ar, ao passar, um cheiro ácido de animal morto.

E quando demos fé, vimos Tanilo metido no meio da dançaria. Mal conseguimos perceber e já estava lá, com um chocalho comprido na mão, dando duros golpes no chão com seus pés arroxeados e descalços. Parecia todo enfurecido, como se estivesse sacudindo a pena que levava dentro fazia tempo; ou como se estivesse fazendo um último esforço para conseguir viver um pouco mais.

Talvez ao ver as danças ele tenha se lembrado de quando ia todos os anos a Tolimán, na novena do Senhor, e dançava a noite inteira até seus ossos se afrouxarem, mas sem se cansar. Talvez tenha se lembrado disso e querido reviver sua antiga força.

Natalia e eu o vimos assim por um momento. Em seguida vimos como ele erguia os braços e açoitava o corpo contra o chão, ainda com o chocalho repicando em suas mãos salpicadas de sangue. Arrastamos Tanilo, esperando conseguir defendê-lo das pisadas dos dançantes; do meio daqueles pés que rodavam sobre as pedras e saltavam amassando a terra sem saber que uma coisa tinha caído no meio deles.

Com ele enforquilhado nas minhas costas, como se fosse aleijado, entramos na igreja. Natalia ajoelhou-o ao seu lado, bem na frente daquela figurinha dourada que era a Virgem de Talpa. E Tanilo começou a rezar e deixou escapar uma lágrima grande, saída lá do fundo, apagando a vela que Natalia tinha posto em suas mãos. Mas nem percebeu; a luz de tantas velas acesas que havia ali cortou-lhe essa coisa que faz com que a gente saiba o que acontece ao nosso lado.

Continuou rezando com a vela apagada. Rezando aos gritos para ouvir que rezava.

Mas não adiantou nada. Acabou morrendo do mesmo jeito.

"... de nossos corações sai para Ela uma súplica igual, envolta em dor. Muitas lamentações revolvidas com esperança. Sua ternura não ensurdece nem diante dos lamentos nem das lágrimas, pois Ela sofre conosco. Ela sabe fazer essa mancha desaparecer e deixar que o coração se torne macio e puro para receber sua misericórdia e sua caridade. A nossa Virgem, a nossa mãe, que não quer saber nada de nossos pecados; que assume a culpa pelos nossos pecados; a que queria levar-nos em seus braços para que a vida não doa em nós, está aqui ao nosso lado, aliviando o nosso cansaço e as enfermidades da nossa alma e do nosso corpo coberto de espinhos, ferido e suplicante. Ela sabe que cada dia nossa fé é melhor porque foi feita de sacrifícios..."

Isso era o que dizia o senhor padre lá de cima do púlpito. E depois que parou de falar, as pessoas se soltaram rezando todas ao mesmo tempo, com um ruído igual ao de muitas vespas espantadas pela fumaça.

Mas Tanilo não ouviu nada do que o senhor padre tinha dito. Ele tinha ficado quieto, com a cabeça encostada nos joelhos. E quando Natalia mexeu nele para que se levantasse, já estava morto.

Lá fora ouvia-se o ruído das danças; os tambores e o pífano; o repicar dos sinos. E foi então que me deu tristeza. Ver tantas coisas vivas; ver a Virgem ali, bem na nossa frente e dando seu sorriso para nós, e ver do outro lado Tanilo, como se fosse um estorvo. E me deu tristeza.

Mas nós o levamos até lá para que ele morresse, isso é o que não consigo esquecer.

Agora nós dois estamos em Zenzontla. Voltamos sem ele. E a mãe de Natalia não me perguntou nada; nem o que fiz com meu irmão Tanilo, nem nada. Natalia se pôs a chorar em seus ombros e desse jeito contou o que aconteceu.

E eu começo a sentir como se não tivéssemos chegado a lugar algum; que estamos aqui de passagem, para descansar, e que depois continuaremos a caminhar. Não sei para onde; mas temos de continuar, porque aqui estamos muito perto do remorso e da lembrança de Tanilo.

Talvez a gente comece a ter medo um do outro. Essa coisa de não dizermos nada desde que saímos de Talpa talvez queira dizer isso. Talvez o corpo de Tanilo esteja muito perto de nós dois, estendido dentro da esteira enrolada; cheio por dentro e por fora do fervedouro de moscas azuis que zuniam como se fosse um grande ronco que saísse de sua boca; daquela boca que não conseguiu fechar apesar dos esforços de Natalia e dos meus, e que parecia ainda querer respirar sem encontrar fôlego. Daquele Tanilo que já não sentia nenhuma dor, mas que estava dolorido, com as mãos e os pés apertados e com os olhos muito abertos como se olhasse a sua própria morte. E por aqui e por ali todas as suas chagas gotejando uma água amarela, cheia daquele cheiro que se derramava por todos os lados e sentia-se na boca, como se estivéssemos saboreando um mel espesso e amargo que derretia no sangue de cada um de nós a cada bocada de ar.

É disso que, aqui, a gente talvez se lembre mais seguido: daquele Tanilo que nós enterramos no campo santo de Talpa; em cima de quem Natalia e eu jogamos terra e pedras para que os animais do morro não o desenterrassem.

7
Macario

Estou sentado ao lado da cisterna esperando as rãs saírem. Ontem à noite, enquanto estávamos jantando, começaram a armar um alvoroço enorme e não pararam de cantar até que amanheceu. Minha madrinha também diz isso; que a gritaria das rãs espantou seu sono. E agora mesmo, bem que ela queria estar dormindo. Por isso me mandou sentar aqui, ao lado da cisterna, e ficar com uma tábua na mão para que qualquer rã que saia para dar seus pulos aqui fora, eu esmague a madeiradas... As rãs são verdes de ponta a ponta, menos na pança. Os sapos são negros. Também os olhos da minha madrinha são negros. As rãs são boas para a gente fazer comida com elas. Não se comem sapos; mas eu comi, embora ninguém coma, e eles têm um gosto igual ao das rãs. Felipa é quem diz que é ruim comer sapos. Felipa tem os olhos verdes como os olhos dos gatos. É ela quem me dá de comer na cozinha cada vez que é minha vez de comer. Ela não quer que eu prejudique as rãs. Mas, enfim, é minha madrinha quem me manda fazer as coisas... Eu gosto mais de Felipa do que da minha madrinha. Mas é minha madrinha quem tira dinheiro da bolsa para que Felipa compre tudo que é de comer. Felipa fica sozinha na cozinha arrumando a comida de nós três. Não faz outra coisa desde que eu a conheço. Lavar a louça e as panelas é comigo. Juntar lenha para acender o fogão também é comigo. E é minha madrinha quem reparte a comida. Depois de ela comer, faz com as mãos dois montinhos, um para Felipa e outro para mim. Mas às vezes Felipa não tem vontade de comer e então os dois montinhos ficam para mim. Por isso eu gosto de Felipa, porque eu estou sempre com fome e não me encho nunca, nem mesmo comendo a comida dela. Embora se diga por aí que comendo a gente fica cheio, sei muito bem que não encho nunca, por mais que coma tudo que me deem. E Felipa também sabe disso... Dizem pelas ruas que eu estou louco, porque minha fome não acaba nunca. Minha madrinha ouviu dizer que dizem isso. Eu nunca ouvi dizer. Minha madrinha não me deixa sair sozinho na rua. Quando sai comigo para dar uma volta é para me levar na igreja para ouvir missa. Lá ela me acomoda pertinho dela e amarra as minhas mãos com as barbas do xale. Eu não sei por que ela me amarra as mãos; mas diz que é porque dizem que senão faço loucuras. Um dia inventaram que eu andava enforcando alguém; que apertei o pescoço de uma senhora assim porque sim. Eu não me lembro. Mas, enfim, é minha madrinha quem diz o que eu faço e ela nunca anda por aí com mentiras. Quando me chama para comer, é para me dar a minha parte de comida, e não como uma gente por aí andava fazendo, que me convidava para comer com eles e assim que eu chegava perto me apedrejavam até me fazerem sair correndo sem comida nem nada. Não, minha madrinha me trata bem. Por isso estou contente na casa dela. Além do mais, aqui mora a Felipa. Felipa é muito boa comigo. Por isso gosto dela... O leite de Felipa é doce como as flores do jasmim do cabo. Eu bebi leite de cabra e também de porca recém-parida; mas não, não é bom que nem o leite de Felipa... Agora já faz muito tempo que não me dá para chupar aqueles montes que ela tem onde a gente só tem costelas, e de onde sai, sabendo tirar, um leite melhor do que o que a minha madrinha dá para a gente no almoço de domingo... Antes Felipa ia todas as noites até o quarto onde eu durmo, e se aninhava comigo, deitando em cima de mim ou se estendendo de ladinho. Depois se ajeitava para que eu pudesse chupar daquele leite doce e quente que se deixava escorrer aos jorros pela minha língua... Muitas vezes comi flores de jasmim do cabo para distrair a fome. E o leite de Felipa era desse sabor, só que eu gostava mais porque ao mesmo tempo em que me dava os goles, Felipa me fazia cosquinhas por todos os lugares. Depois acontecia quase sempre de ela ficar dormindo ao meu lado, até a madrugada. E isso me ajudava muito; porque eu não me apurava de frio nem de nenhum medo de me condenar no inferno se eu morresse sozinho ali, numa daquelas noites... Às vezes não tenho tanto medo do inferno. Mas às vezes sim. Além do mais gosto de me dar meus bons sustos com essa história de que vou parar no inferno qualquer dia desses, por ter a cabeça tão dura e por gostar de dar cabeçadas em tudo que encontro. Mas aí Felipa vem e espanta meus medos. Faz cócegas com suas mãos como só ela sabe fazer e acaba com esse meu medo de morrer. E por um instantinho até me esqueço desse medo... Felipa diz, quando tem vontade de ficar comigo, que vai contar ao Senhor todos os meus pecados. Que irá logo para o céu e vai conversar com Ele pedindo que me perdoe essa muita maldade que me enche o corpo de cima a baixo. Ela dirá que me perdoe, para que eu não me preocupe mais. Por isso se confessa todos os dias. Não porque ela seja má, e sim porque eu estou repleto de demônios por dentro, e ela tem de tirar esses capetas do meu corpo confessando-se por mim. Todos os dias. Todas as tardes de todos os dias. Por toda a vida ela me fará esse favor. Isso diz Felipa. Por isso eu gosto tanto dela... E ainda assim, isso de ter a cabeça dura desse jeito é que são elas. Dou cabeçadas nos pilares do corredor durante horas inteiras e não acontece nada com a minha cabeça, que aguenta sem quebrar. E depois dou cabeçadas no chão; primeiro devagarzinho, depois mais depressa e mais forte e aquilo soa feito um tambor. Igual ao tambor que anda com o pífano, quando o pífano vem para a quermesse do divino. E então eu estou lá na igreja, amarrado na madrinha, ouvindo lá fora o tuntum do tambor... E minha madrinha diz que se no meu quarto tem percevejos e baratas e escorpiões é porque vou arder no inferno se continuar com essa mania de bater no chão com a minha cabeça. Mas o que eu quero é ouvir o tambor. Isso é o que ela deveria saber Ouvir o tambor, como quando estou na igreja, esperando sair depressa na rua para ver como é aquele tambor que se ouve de tão longe, até o fundo da igreja e por cima das condenações do senhor padre...: "O caminho das coisas boas está cheio de luz. O caminho das coisas ruins é escuro." Isso é o que diz o senhor padre... Eu me levanto e saio do meu quarto quando ainda está escuro. Varro a rua e me meto outra vez no meu quarto antes que a luz do dia me pegue. Na rua acontecem coisas. Está cheio de gente para me esfolar vivo a pedradas assim que eu aparecer. Chovem pedras grandes e afiadas de tudo que é lado. E depois é preciso remendar a camisa e esperar muitos dias até que também se remendem as rachaduras na cara ou nos joelhos. E aguentar outra vez que me amarrem as mãos, porque senão elas correm para arrancar a crosta da ferida remendada e o jorro de sangue torna a sair. E isso que o sangue também tem sabor bom, embora, isso sim, não pareça o sabor do leite de Felipa... Por isso eu, para que não me apedrejem, vivo sempre metido na minha casa. Assim que me dão de comer eu me enfio no meu quarto e tranco bem a porta para que os pecados não deem comigo ao ver que estou na escuridão. E nem mesmo acendo o candeeiro para ver por onde as baratas vão subindo em mim. Agora estou quietinho. Deito sobre meus sacos de estopa vazios, e assim que sinto alguma barata caminhar com suas patas ásperas pelo meu pescoço dou um tapão e a esmago. Mas não acendo o candeeiro. Sei lá se os pecados me pegam desprevenido por andar com o candeeiro aceso buscando todas as baratas que se metem por baixo da minha coberta... Quando a gente esmaga uma barata, elas troam que nem bombinha de festa. Não sei se os grilos troam. Nunca mato grilos. Felipa diz que os grilos sempre fazem ruído, sem parar nem para respirar, para que todo mundo ouça os gritos das almas que estão penando no purgatório. No dia em que se acabarem os grilos, o mundo se encherá dos gritos das almas santas e todos nós sairemos correndo espantados de medo. Além do mais, o que eu gosto mesmo é de ficar com a orelha em pé ouvindo o ruído dos grilos. No meu quarto tem muitos. Talvez tenha mais grilos do que baratas aqui, entre as dobras dos sacos de estopa onde me deito. Também tem escorpiões. A cada tanto eles despencam do teto e a gente tem que esperar sem respirar que eles façam seu percurso por cima da gente até chegarem no chão. Porque se algum braço se mexer ou se os ossos começarem a tremer, sente-se em seguida o ardido da picada. E dói. Uma vez um picou Felipa na nádega. Ela se pôs a chorar e a gritar com gritos baixinhos para que a Virgem Santíssima não deixasse estropiar a nádega. Eu a untei com saliva. Passei a noite toda untando-a com saliva e rezando com ela, e teve um momento, quando vi que meu remédio não aliviava, em que também a ajudei a chorar tudo que pude, chorando com meus olhos... Seja como for, eu estou mais satisfeito no meu quarto do que se estivesse andando pela rua, chamando a atenção de quem adora bater nas pessoas. Aqui ninguém me faz nada. Minha madrinha não briga comigo porque me vê comendo as flores de seu jasmim, ou suas goiabas, ou suas romãs. Ela sabe muito bem que vivo com vontade de comer qualquer coisa. Ela sabe que minha fome não tem fim. Que não existe comida capaz de encher meu bucho mesmo que eu ande a cada instante beliscando aqui e ali coisas para comer. Ela sabe que como o grão-de-bico empapado que dou aos porcos gordos e o milho seco que dou aos porcos magros. Por isso mesmo ela já sabe com quanta fome eu ando desde que amanheço até que anoiteço. E enquanto encontrar de comer nesta casa, é nela que fico. Porque eu acho que o dia em que parar de comer eu morro, e daí com toda certeza vou diretinho para o inferno. E de lá ninguém me tira, nem Felipa, embora seja tão boa comigo, nem o escapulário que minha madrinha me deu e que carrego enredado no pescoço... Agora estou aqui ao lado da cisterna esperando que as rãs saiam. E não saiu nenhuma nesse tempão em que estou conversando. Se demorarem mais até sair, pode acontecer de eu dormir, e aí já não haverá modo de matá-las, e o sono não vai chegar de jeito nenhum para a minha madrinha se ela ouvir as rãs cantarem, e vai ficar brava de verdade. E então vai pedir para algum daqueles santos todos que ela tem enfileirados em seu quarto que mande os diabos atrás de mim, para que me levem arrastado até a condenação eterna, direto diretinho, sem nem passar pelo purgatório, e eu então nem vou conseguir ver papai nem mamãe, que é lá que eles estão... Melhor ficar aqui falando... O que eu tenho vontade mesmo é de provar uns goles do leite de Felipa, aquele leite bom e doce como o mel que sai debaixo das flores do jasmim do cabo...

8
Chão em chamas

Já mataram a cachorra,
mas ficaram os cachorrinhos...

(Canção Popular)

"Viva Petronilo Flores!"

O grito veio ecoando pelos paredões do barranco e subiu até onde estávamos. Depois se desfez.

Durante um instante, o vento que soprava lá de baixo nos trouxe um tumulto de vozes amontoadas, fazendo um ruído igual ao da água crescida quando roda sobre pedregais.

Em seguida, saindo de lá mesmo, outro grito girou pela quina do barranco, tornou a ecoar nos paredões, e chegou ainda com força até nós:

"Viva o meu general Petronilo Flores!"

Nós nos olhamos.

A Cachorra levantou-se devagar, tirou o cartucho da carabina e guardou-o no bolso da camisa. Depois chegou até onde estavam *os Quatro* e disse a eles: "Sigam-me, rapazes, vamos ver que tourinhos toureamos!" Os quatro irmãos Benavides foram atrás dele, agachados; somente *a Cachorra* ia bem teso, despontando a metade de seu corpo magro por cima da cerca.

Nós continuamos lá, sem nos movermos. Estávamos alinhados ao pé da cerca de pedra, esticados de pança para cima, feito iguanas esquentando-se ao sol.

A cerca de pedra serpenteava muito ao subir e baixar pelos morros, e eles, *a Cachorra* e *os Quatro*, também iam serpenteando como se estivessem com os pés atados. Assim vimos como se perdiam de nossos olhos. Em seguida viramos a cara para olhar outra vez para o alto e vimos as ramas baixas das amendoeiras que nos davam um bocadinho de sombra.

Cheirava a isso: a sombra requentada pelo sol. A amendoeiras podres.

Dava para sentir o sono do meio-dia.

A algazarra que vinha lá de baixo saía a cada tanto do barranco e nos sacudia o corpo para que não dormíssemos. E embora quiséssemos ouvir, afinando bem a orelha, só nos chegava a algazarra: um redemoinho de murmúrios, como se estivéssemos ouvindo de muito longe o rumor que fazem as carretas ao passar por uma rua pedregosa.

De repente soou um tiro. O barranco repetiu o tiro como se estivesse desabando. Isso fez com que as coisas acordassem: voaram os totochilos, esses pássaros avermelhados que tínhamos visto brincar no meio das amendoeiras. Em seguida as cigarras, que tinham dormido ao rés do meio-dia, também despertaram, enchendo a terra de rangidos.

– O que foi? – perguntou Pedro Zamora, ainda meio amodorrado pela sesta.

Então *o Chihuila* ergueu-se e, arrastando sua carabina como se fosse um pedaço de pau, encaminhou-se atrás dos que tinham ido antes.

– Vou ver o que foi que foi – disse, perdendo-se como os outros.

O chiado das cigarras aumentou de tal forma que nos deixou surdos e não notamos a hora em que eles apareceram por lá. Quando demos conta já estavam aqui, bem na nossa frente, e nós, desguarnecidos. Pareciam estar de passagem, prontos para outros apuros e não para o daquele momento.

Demos meia-volta e os vimos pelos vãos da cerca de pedras.

Passaram os primeiros, depois os segundos e outros mais, com o corpo esticado para a frente, encurvados de sono. Suas caras refulgiam de suor, como se tivessem mergulhado na água ao passarem pelo arroio.

Continuaram passando.

Chegou o sinal. Ouviu-se um assovio longo e começou o tiroteio lá longe, pelos lados por onde *a Cachorra* tinha ido. Depois continuou por aqui.

Foi fácil. Quase tapavam os vãos da cerca de pedras com seus vultos, de maneira que aquilo era como disparar à queima-roupa e fazer que dessem tamanho pulo da vida à morte e mal percebessem.

Mas tudo isso durou muito pouco. Talvez a primeira e a segunda carga de balas. De repente ficou o vazio do tiroteio onde, espiando bem, só se viam os que estavam deitados no meio do caminho, meio tortos, como se alguém tivesse vindo jogá-los naquele lugar. Os vivos desapareceram. Depois tornaram a aparecer, mas de repente não estavam mais ali.

Para a carga seguinte, tivemos de esperar.

Alguém nosso gritou: "Viva Pedro Zamora!"

Do lado de lá responderam, quase em segredo: "Salva a gente, patrãozinho! Me salva! Santo Menino de Atocha, socorro!"

Passaram os pássaros. Bandos de tordos cruzaram por cima da gente rumo aos morros.

A terceira carga nos chegou por trás. Brotou deles, fazendo com que saltássemos para o outro lado da cerca de pedras, para lá dos mortos que tínhamos matado.

E então começou a correria através das moitas. Sentíamos as balas pipocando juntinho dos nossos calcanhares, como se tivéssemos caído sobre um enxame de gafanhotos. E de vez em quando, e cada vez mais seguido, pegando bem no meio de um de nós, que se quebrava com um ranger de ossos.

Corremos. Chegamos à beira do barranco e nos deixamos deslizar por ali como se nos despenhássemos.

Eles continuavam atirando. Continuaram disparando mesmo depois de termos subido pelo outro lado, engatinhando, como texugos espantados pelo lume.

"Viva o meu general Petronilo Flores, filhos disso e daquilo!", gritaram de novo. E o grito foi ecoando como o trovão de uma tormenta, barranco abaixo.

Ficamos agachados atrás de umas pedras grandes e redondas, e continuávamos arfando forte por causa da correria. Só olhávamos para Pedro Zamora, perguntando com os olhos o que tinha acontecido com a gente. Mas ele também nos olhava sem dizer nada. Era como se tivéssemos perdido a fala ou como se nossas línguas tivessem virado uma bola como acontece com os periquitos, e não conseguíssemos soltá-las para dizer coisa alguma.

Pedro Zamora continuava olhando para nós. Estava fazendo contas com os olhos; com aqueles olhos que ele tinha, inteirinhos avermelhados, como se estivesse sempre sem dormir. De um em um, nos contava. Já sabia quantos éramos ali, mas parecia não ter ainda certeza; por isso nos recontava uma e outra e outra vez.

Faltavam alguns: onze ou doze, sem contar *a Cachorra* e *o Chihuila*, e os que tinham sido levados com eles. *O Chihuila* bem que poderia estar engastalhado em cima de alguma amendoeira, deitado sobre a carabina, esperando que os federais tivessem ido embora.

Os Joseses, os dois filhos *da Cachorra*, foram os primeiros a levantar a cabeça, e em seguida o corpo. E enfim caminharam de um lado a outro esperando que Pedro Zamora dissesse alguma coisa. E disse:

– Outro esbregue desses e acabam com a gente.

Em seguida, engasgando como se engolisse um gole de coragem, gritou aos Joseses: "Já sei que está faltando seu pai, mas aguentem, aguentem um bocadinho só! Já vamos atrás dele!"

Uma bala disparada lá de longe fez voar um bando de garças da ladeira da frente. Os pássaros caíram no barranco e revoaram até chegarem perto da gente; depois, ao nos verem, se assustaram, deram meia-volta refulgindo contra o sol e tornaram a encher de gritos as árvores da ladeira da frente.

Os Joseses voltaram ao lugar de antes e se acocoraram em silêncio.

E assim ficamos a tarde inteira. Quando a noite começou a baixar chegou *o Chihuila*, acompanhado por um *dos Quatro*. Disseram que vinham lá de baixo, da Pedra Lisa, mas não souberam nos dizer se os federais já tinham ido embora. A verdade é que tudo parecia estar calmo. De vez em quando ouvia-se os uivos dos coiotes.

– Ê, *Filhote*! – me disse Pedro Zamora. – Vou encarregar você de ir com os Joseses até a Pedra Lisa, para olharem e verem o que aconteceu com *a Cachorra*. Se estiver morto, pois que enterrem ele. E os outros também. Os feridos, deixem em cima de alguma coisa para que os soldados vejam eles. Mas não tragam ninguém.

– É o que a gente vai fazer.

E fomos.

Dava para ouvir os coiotes bem pertinho quando chegamos ao curral onde tínhamos prendido a cavalhada. Já não havia cavalos, só estava um burro esfomeado que já vivia ali antes que a gente chegasse. Na certa, os federais tinham levado os cavalos.

Encontramos o resto *dos Quatro* bem atrás de uns arbustos, os três juntos, amontoados um em cima do outro como se tivessem sido empilhados. Erguemos suas cabeças e sacudimos um pouquinho para ver se algum deles ainda seria capaz de dar algum sinal; mas não, já estavam bem defuntos. No aguadouro estava outro dos nossos com as costelas de fora, como se tivesse sido machadado. E percorrendo a cerca de cima encontramos um aqui e outro ali, quase todos com a cara enegrecida.

– Esses aí foram liquidados, não precisa nem pensar – disse um dos Joseses.

Começamos a procurar *a Cachorra*; a não pensar em mais nada a não ser em encontrar a bendita *Cachorra*.

Não conseguimos.

"Devem ter levado ele", pensamos. "Devem ter levado ele para mostrar ao governo"; mas, ainda assim, continuamos procurando por tudo que era canto, no meio do restolho. Os coiotes continuavam uivando.

Continuaram uivando a noite inteira.

POUCOS DIAS DEPOIS, em Armería, ao ir passando o rio, tornamos a encontrar Petronilo Flores. Demos marcha a ré, mas já era tarde. Foi como se nos fuzilassem. Pedro Zamora passou pela frente fazendo galopar aquele macho malhado e baixinho que era o melhor animal que eu tinha conhecido. E atrás dele, nós, em manada, agachados sobre os pescoços dos cavalos. Seja como for, a matança foi grande. Na hora não percebi porque afundei no rio debaixo do meu cavalo morto, e a corrente nos arrastou até longe, até um remanso baixinho de água e cheio de areia.

Aquele foi o último pega que tivemos com as forças de Petronilo Flores. Depois, já não lutamos. Para dizer a verdade, já levávamos algum tempo sem lutar, só andando e fugindo e escapando; por isso resolvemos remontar, os poucos que sobrávamos, e fomos para os morros nos esconder da perseguição. E acabamos virando uns grupinhos tão ralos que ninguém mais tinha medo de nós. Ninguém saía correndo e gritando: "Lá vem o pessoal do Zamora!"

A paz tinha voltado ao Planalto Grande. Ao chapadão.

MAS NÃO POR muito tempo.

Fazia coisa de oito meses que estávamos escondidos no esconderijo do desfiladeiro do Tozín, lá onde o rio Armería se estreita durante muitas horas para deixar-se cair sobre a costa. Esperávamos deixar passar os anos para então voltar ao mundo, quando ninguém mais se lembrasse de nós. Tínhamos começado a criar galinhas e de vez em quando subíamos até a serra para buscar veados. Éramos cinco, quase quatro, porque um dos Joseses tinha ficado com uma perna gangrenada por causa do tiro que levou logo abaixo da nádega, quando atiraram na gente pelas costas.

E lá estávamos, começando a sentir que já não servíamos para mais nada. E se não soubéssemos que enforcariam todos nós, teríamos descido da montanha em busca da pacificação.

Mas nisso apareceu por lá um tal de Armancio Alcalá, que era quem se encarregava dos recados e das cartas de Pedro Zamora.

Foi de manhãzinha, enquanto estávamos atarefados retalhando uma vaca, que ouvimos o chamado de um chifre soprado. Vinha de muito longe, lá dos rumos do chapadão. Passado um tempinho, tornamos a ouvir. Era como um bramido de touro: primeiro agudo, depois mais rouco, depois outra vez agudo. O eco o encompridava mais e mais e o trazia até aqui, até que o ronronar do rio o apagava.

E o sol já estava para sair, quando o tal de Alcalá deixou-se ver surgindo no meio dos salgueiros. Trazia cruzadas no corpo duas cartucheiras com cartuchos 44 e nas ancas do seu cavalo vinha atravessado um montão de rifles, como se fosse uma maleta.

Apeou do macho. Distribuiu as carabinas entre nós e tornou a fazer a maleta com as que sobraram.

– Se vocês não tiverem nada urgente para fazer de hoje para amanhã, fiquem de prontidão para sair para San Buenaventura. Pedro Zamora aguarda por vocês lá. Enquanto isso, vou um bocadinho mais abaixo para buscar *os Zanates*. Depois volto.

No dia seguinte, já de tardinha, voltou. E sim, com ele vinham *os Zanates*. Dava para ver suas caras pretas na tarde parda. Vinham também outros três que não conhecíamos.

– No caminho a gente consegue os cavalos – disse ele. E fomos atrás.

Desde muito antes de chegar a San Buenaventura vimos que os ranchos estavam ardendo. Das tulhas da fazenda erguia-se mais alta a chamarada, como se um charco de aguarrás estivesse queimando. As chispas voavam e se tornavam uma rosca na escuridão do céu, formando grandes nuvens alumbradas.

Continuamos caminhando em frente, ofuscados pela luminária de San Buenaventura, como se alguma coisa nos dissesse que nosso trabalho era estar ali, para acabar com o que tivesse sobrado.

Mas não tínhamos acabado de chegar quando encontramos os primeiros que vinham a cavalo e a trote, com a corda amarrada na cabeça da sela, e uns, puxando homens com os pés atados que, arrastados, de vez em quando ainda caminhavam sobre suas mãos, e outros, homens que já tinham perdido as mãos e estavam com as cabeças dependuradas. Vimos como passavam. Mais atrás vinha Pedro Zamora e muita gente a cavalo. Muito mais gente do que nunca. Gostamos.

Dava gosto olhar aquela longa fila de homens cruzando o chapadão outra vez, como nos tempos bons. Como no princípio, quando nos havíamos levantado da terra como mamona madura levada pelo vento, para encher de terror todos os arredores do planalto. Houve um tempo que foi assim. E que agora parecia voltar.

De lá nos encaminhamos para San Pedro. Pusemos fogo e depois tomamos o rumo de Petacal. Era o tempo em que o milho estava no ponto da colheita e o milharal estava seco e dobrado pelos vendavais que sopram nessa época pelo planalto. Assim, era muito bonito ver o fogo caminhar pelo pasto; ver o chapadão quase inteiro transformado em pura brasa, naquela queimada, com a fumaça ondulando para o alto; aquela fumaça cheirando a garapa e a mel, porque o lume também tinha chegado aos canaviais.

E do meio da fumaçada nós íamos saindo, feito espantalhos, com a cara tisnada, comboiando gado daqui e dali para juntá-lo em algum lugar e tirar o seu couro. Agora era esse o nosso negócio: couro de gado.

Porque, conforme nos disse Pedro Zamora: "Esta revolução nós vamos fazer com o dinheiro dos ricos. Eles pagarão as armas e os gastos que esta revolução que estamos fazendo custar. E apesar de agorinha mesmo a gente não ter nenhuma bandeira pela qual lutar, devemos ter pressa em amontoar dinheiro, para que as tropas do governo, quando chegarem, vejam que somos poderosos." Foi o que ele nos disse.

E quando afinal as tropas voltaram, se largaram matando a gente de novo, feito antes, ainda que não com a mesma facilidade. Agora dava para ver a léguas de distância que eles tinham medo da gente.

Mas nós também tínhamos medo deles. Só vendo como as bolas subiam do saco e ficavam travadas em nossos pescoços só de ouvir o ruído que faziam as suas guarnições ou os cascos de seus cavalos ao golpear as pedras de algum caminho, onde estávamos esperando para armar-lhes uma emboscada. Ao vê-los passar, era quase como sentir que eles nos olhavam de viés e diziam: "Já varremos vocês, estamos só disfarçando."

E parecia ser isso mesmo, porque sem quê nem para quê eles se jogavam no chão, casamatados atrás dos cavalos e resistiam ali, até que outros iam nos cercando pouco a pouco, agarrando-nos que nem galinhas encurraladas. Desde então soubemos que naquele andar não íamos durar muito, embora fôssemos muitos.

E é que já não se tratava daquele pessoal do general Urbano, que tinham posto em cima da gente no começo e que se assustava só com nossos gritos e nossos chapelões agitados ao vento; aqueles homens arrancados à força de seus ranchos para que nos dessem combate e que só quando viam que éramos pouquinhos se lançavam em cima de nós. Esses já tinham acabado. Depois vieram outros; mas estes últimos eram os piores. Agora era um tal de Olachea, com gente aguentadora e briguenta; com índios trazidos de Teocaltiche, misturados com índios tepehuanes: uns índios cabeludos, acostumados a não comer durante dias e que às vezes ficavam horas inteiras espiando a gente com olho fixo e sem pestanejar, esperando que um de nós pusesse a cabeça para fora para mandar, diretinha, uma dessas balas compridas de 30-30 que arrebentavam uma espinha de homem como se fosse um galho apodrecido.

Não precisa nem falar que era mais fácil cair em cima dos ranchos do que ficar emboscando tropas do governo. Por isso nos esparramamos, um punhadinho aqui, outro ali, e causamos mais prejuízo que nunca, sempre às carreiras, dando o coice e correndo feito mulas brutas.

E assim, enquanto nas fraldas do vulcão queimavam os ranchos de Jazmín, outros de nós despencavam de repente sobre os destacamentos, arrastando galhos e fazendo o pessoal acreditar que éramos muitos, escondidos na poeira e na gritaria que nós mesmos armávamos.

Os soldados só faziam mesmo era ficar quietos, esperando. Ficaram o tempo inteiro indo de um lado a outro, e de repente iam para a frente e de repente para trás, como atarantados. E daqui dava para ver as fogueiras na serra, grandes incêndios como se estivessem queimando os escombros. Daqui dava para ver arderem noite e dia os casebres e os ranchos e às vezes alguns povoados maiores, feito Tuzamilpa e Zapotitlán, que iluminavam a noite. E os homens de Olachea saíam para lá, forçando a marcha; mas quando chegavam, começava a arder Totolimispa, muito para lá, muito para trás deles.

Era bonito de se ver. Sair de repente da manhã dos esconderijos quando os soldados já estavam indo, cheios de vontade de lutar, e vê-los atravessar o planalto vazio, sem inimigo pela frente, como se mergulhassem na água funda e sem fundo que era aquela grande ferradura do chapadão encerrada entre montanhas.

QUEIMAMOS O RANCHO Cuastecomate e ficamos lá brincando de touro. Pedro Zamora gostava muito desse jogo de touro.

Os federais tinham ido para os rumos de Autlán, à procura de um lugar chamado La Purificación, onde segundo eles estava a ninhada de bandidos de onde nós tínhamos saído. Foram-se embora e nos deixaram sozinhos em Cuastecomate.

E deu para brincar de touro. Eles tinham deixado para trás oito soldados, além do administrador e do capataz da fazenda. Foram dois dias de touros.

Tivemos de armar um curralzinho redondo feito esses que usam para encerrar as cabras, para que servisse de arena. E nós nos sentamos sobre as trancas para não deixar os toureiros saírem, pois corriam muito forte assim que viam o punhal comprido com o qual Pedro Zamora queria dar chifradas.

Os oito soldadinhos serviram para uma tarde. Os outros dois para a outra. E o que deu mais trabalho foi aquele capataz magro e longo que nem vara de bambu, que driblava o espadim só com um leve ondular do corpo para o lado. O administrador, em compensação, morreu logo, logo. Era baixinho e gorducho e não usou manha alguma para tirar o corpo da frente da lâmina fina. Morreu muito calado, quase que sem se mexer e como se ele próprio tivesse querido se atravessar. Mas o capataz, sim, deu trabalho.

Pedro Zamora tinha emprestado uma manta a cada um, e essa foi a razão de pelo menos o capataz ter se defendido tão bem dos espadins com aquela manta pesada e suja; pois, assim que soube como seria a coisa, dedicou-se a balançar a manta contra a espada, que passava direto, e assim toureou até deixar Pedro Zamora cansado. Dava para ver às claras que ele já estava cansado de andar atacando o capataz, sem conseguir nada além de picá-lo de quando em quando. E perdeu a paciência. Deixou as coisas do jeito que estavam e, de repente, em vez de atacar direto como fazem os touros, procurou com a espada as costelas do capataz de Cuastecomate, afastando a manta com a outra mão. O capataz pareceu não ter entendido o que estava acontecendo, porque ainda ficou um tempinho sacudindo a manta para cima e para baixo, como se estivesse espantando vespas. Só quando viu seu sangue dando voltas pela cintura deixou de se mexer. Assustou-se e tratou de tapar com os dedos o furo que tinha sido feito em suas costelas, por onde saía um jorro daquela coisa vermelha que fazia com que ele ficasse mais desbotado. Depois ficou esticado no meio do curral olhando para todos nós. E lá ficou até a gente dependurá-lo enforcando ele, pois de outra forma ia demorar muito até morrer.

A partir de então, Pedro Zamora brincou de touro mais seguido, sempre que deu jeito.

NAQUELE TEMPO QUASE todos nós éramos "abajeños", daquelas regiões de Michoacán e Jalisco e Guanajuato, a começar por Pedro Zamora; mas depois juntou-se a nós gente de outros lados: os índios alourados de Zacoalco, pernaltas e com caras como de requeijão. E aqueles outros da terra fria, que se diziam de Mazamitla e que andavam sempre enfiados em ponchos coloridos como se a qualquer hora estivesse caindo uma neve aguada. Eles perdiam a fome por causa do calor, e por isso Pedro Zamora mandou-os cuidar da base dos vulcões, lá bem no alto, onde só havia areia pura e rochas lavadas pelo vento. Mas os índios claros num minuto se encarinharam de Pedro Zamora e não quiseram se separar dele. Iam sempre grudados nele, fazendo-lhe sombra e cumprindo todos os mandados que encomendava. Às vezes roubavam as melhores moças que havia nos povoados, para que ele se encarregasse de dar um jeito nelas.

Lembro-me muito bem de tudo. Das noites que passávamos na serra, caminhando sem fazer ruído e com muita vontade de dormir, já quando as tropas seguiam bem de perto nosso rastro. Ainda vejo Pedro Zamora com sua manta arroxeada enrolada nos ombros, cuidando para que nenhum de nós ficasse para trás:

– Epa, você aí, Pitasio, enfia as esporas nesse cavalo! E o senhor faça-me o favor de não dormir, Reséndiz, que preciso de você para conversar!

Pois é, ele cuidava da gente. Íamos caminhando pelo meio da noite, com os olhos aturdidos de sono e com a ideia desaparecida; mas ele, que conhecia cada um de nós, falava com a gente para que levantássemos a cabeça. Sentíamos aqueles olhos dele bem abertos, que não dormiam e estavam acostumados a ver de noite e a nos reconhecer no breu.

Contava todos nós, um por um, como quem está contando dinheiro. Depois ficava ao nosso lado. Ouvíamos as pisadas de seu cavalo e sabíamos que seus olhos estavam sempre alertas; por isso todos nós, sem nos queixarmos do frio que fazia nem do sono que tínhamos, o seguíamos como se estivéssemos cegos.

Mas a coisa desandou de vez a partir do descarrilamento do trem na quebrada de Sayula. Se não fosse por isso, talvez Pedro Zamora ainda estivesse vivo, e *o Chino* Árias e *o Chihuila* e tantos outros, e a revolta tivesse continuado por bom caminho. Mas Pedro Zamora bicou a crista do governo com o descarrilamento do trem de Sayula.

Até hoje vejo as luzes das chamas que se seguiam no lugar onde empilharam os mortos. Juntaram os corpos com pás e os faziam rodar como troncos até o fundo do barranco, e quando o montão ficava grande, empapavam tudo com petróleo e tocavam fogo. A fedentina era levada longe pelo vento, e muitos dias depois ainda se sentia o cheiro de morto chamuscado.

Pouco antes, ainda não sabíamos direito o que ia acontecer. Tínhamos regado de cornos e ossos de vaca um longo trecho da estrada de ferro, e como se fosse pouco, tínhamos aberto os trilhos no lugar por onde o trem haveria de entrar na curva. Fizemos isso e ficamos esperando.

A madrugada estava começando a dar luz às coisas. Via-se quase claramente as pessoas apinhadas no teto dos vagões. Dava para ouvir que alguns cantavam. Eram vozes de homens e de mulheres. Passaram na nossa frente ainda meio sombreados pela noite, mas deu para ver que eram soldados com suas vivandeiras. Esperamos. O trem não se deteve.

Se tivéssemos querido, poderíamos ter disparado, porque o trem caminhava devagar e arfava como se quisesse subir a ladeira na base de tanto bufar. Daria até para conversar com eles um pouco. Mas as coisas eram diferentes.

Eles começaram a perceber o que acontecia quando sentiram os vagões bambolearem e o trem inteiro tremer como se alguém o sacudisse. Depois a máquina deu para trás, arrastada para fora dos trilhos pelos vagões pesados e cheios de gente. Dava uns apitos roucos e tristes e muito longos. Mas ninguém ajudava a máquina. Ela continuava indo para trás arrastada por aquele trem que não tinha fim, até que lhe faltou terra, e caindo de lado despencou para o fundo do barranco. Então os vagões foram atrás dela, um a um, a toda velocidade, cada um tombando em seu lugar lá embaixo. Depois tudo ficou em silêncio como se todos, até nós, tivéssemos morrido.

Foi assim, foi desse jeito.

Quando os vivos começaram a sair do meio dos destroços dos vagões, nós saímos de lá, enrugados de medo.

Ficamos escondidos vários dias; mas os federais foram nos arrancar do nosso esconderijo. Não nos deixaram mais em paz; nem para mascar um pedaço de carne-seca em paz. Fizeram com que se acabassem nossas horas de dormir e de comer, e que os dias e as noites fossem iguais para nós. Quisemos chegar ao desfiladeiro do rio Tozín; mas o governo chegou na nossa frente. Demos a volta no vulcão. Subimos às montanhas mais altas e lá em cima, naquele lugar chamado Caminho de Deus, encontramos o governo de novo disparando para matar. Sentíamos como as balas caíam em cima de nós, em rajadas apertadas, esquentando o ar que nos rodeava. E até as pedras atrás das quais nos escondíamos ficavam em frangalhos uma atrás da outra, como se fossem torrões de terra. Soubemos depois que aquelas carabinas que disparavam em nós eram metralhadoras que deixavam o corpo da gente feito uma peneira; mas naquela hora achávamos que eram muitos soldados, milhares, e tudo que queríamos era correr deles.

Quem conseguiu, correu. No Caminho de Deus ficou *o Chihuila*, enroscado atrás de um arbusto, com a manta enrolada no pescoço como se estivesse se defendendo do frio. Ficou olhando para nós quando íamos cada um por um lado para dividir a morte. E ele parecia estar rindo da gente, com seus dentes podres, vermelhos de sangue.

Aquela debandada que demos foi boa para muitos; mas para outros foi ruim. Era raro não ver alguns dos nossos dependurados pelos pés nos troncos do caminho. Ficavam lá até envelhecer e virarem couros curtindo ao sol. Os urubus os comiam por dentro, arrancando suas tripas, até deixarem a pura casca. E como estavam dependurados lá no alto, ficavam balançando ao sopro do vento de muitos dias como sinos em campanários, às vezes durante meses, às vezes nada além dos puros fiapos das calças ondulando com o vento como se alguém as tivesse deixado lá para secar.

Alguns de nós conseguiram chegar ao Cerro Grande, e arrastando-nos feito cobras passávamos o tempo olhando para o chapadão, para aquela terra lá de baixo onde havíamos nascido e vivido e onde agora esperavam pela gente para nos matar. Às vezes até a sombra das nuvens nos assustava.

Com muito gosto teríamos ido dizer a quem quer que fosse que já não éramos gente de batalha, e que nos deixassem em paz; mas era tanto o dano que fizemos por todos os lados que as pessoas tinham ficado matreiras e a única coisa que havíamos conseguido era mais inimigos. Até os índios cá do alto não queriam mais saber de nós. Disseram que tínhamos matado seus animais. E agora carregavam armas que haviam ganhado do governo e mandaram avisar que nos matariam assim que nos vissem:

"Não queremos ver vocês, mas, se a gente ver, a gente mata", mandaram dizer.

E desse jeito, a terra foi acabando para nós. Já quase não nos restava mais nem o pedaço que iríamos precisar para ser enterrados. Por isso decidimos, os últimos, separar-nos, cada um enredando por um rumo diferente.

Andei uns cinco anos com Pedro Zamora. Depois não tornei a vê-lo. Dias bons, dias maus, juntando tudo dava cinco anos. Dizem que foi para a Cidade do México atrás de uma mulher e que lá acabaram matando ele. Alguns de nós esperamos que ele voltasse, que um dia qualquer aparecesse de novo para tornar a nos levantar em armas; até que cansamos de esperar. E ele continua sem voltar até hoje. Mataram ele por lá. Um que ficou preso comigo me contou essa história de terem matado Pedro Zamora.

Eu saí da cadeia faz três anos. Fui castigado por causa de muitos delitos; mas não porque andei com Pedro Zamora. Eles não ficaram sabendo. Acabou que me agarraram por causa de outras coisas, entre elas pelo costume arrevesado que eu tinha de roubar moças. Uma delas vive comigo agora, talvez a melhor e mais bondosa de todas as mulheres que existem nesse mundo. Aquela que estava lá fora da cadeia, esperando sabe-se lá desde quando que me soltassem.

– *Filhote*, estou à espera de você – disse ela para mim. – Estou esperando você faz muito, muito tempo.

Na hora, achei que estava esperando para me matar. Lá no fundo, como entre sonhos, lembrei-me de quem era ela. Tornei a sentir a água fria da tormenta que estava caindo em Telcampana, naquela noite em que entramos e arrasamos o povoado. Eu tinha certeza ou quase que aquele velho que sossegamos para sempre quando estávamos de saída era seu pai; um de nós disparou um tiro na cabeça dele enquanto eu jogava a sua filha sobre a sela do cavalo e dava nela um par de cascudos para que se acalmasse e não continuasse a me morder. Era uma menininha de uns 14 anos, de olhos bonitos, que me deu um trabalhão até eu conseguir amansar.

– Tenho um filho seu – me disse depois. – Este aí.

E apontou com o dedo um garoto comprido com os olhos assustados:

– Tira logo esse chapéu para seu pai ver você!

E o garoto tirou o chapéu de palha. Era igualzinho a mim e com uma ponta de maldade no olhar. Na certa havia puxado ao pai em alguma coisa. Nisso.

– Também chamam ele de *o Filhote* – tornou a dizer a mulher, essa que agora é minha mulher. – Mas ele não é nenhum bandido e nem assassino. É boa gente.

E eu curvei a cabeça.

9
Diga que não me matem!

– Diga que não me matem, Justino! Anda, vai lá e diz isso a eles. Que por caridade. Diga assim. Diga que por caridade não façam isso.

– Não posso. Lá tem um sargento que não quer nem ouvir falar de você.

– Pois faz com que ele ouça. Dê lá os seus jeitos e diz a ele que já tive sustos, de sobra. Diga que não me mate por caridade de Deus.

– É que não é de susto, não. Parece que vão matar você de verdade. E eu não quero voltar lá.

– Vai de novo. Uma vez só, para ver o que você consegue

– Não. Não quero ir. Se for, é porque sou seu filho. E se fico indo até lá, eles vão acabar sabendo quem sou e vão acabar querendo me fuzilar também. É melhor deixar as coisas do jeito que estão.

– Vai lá, Justino. Diz a eles que tenham peninha de mim. Diga isso, e pronto.

Justino apertou os dentes e mexeu a cabeça dizendo:

– Não.

E continuou sacudindo a cabeça durante um tempão.

– Diga ao sargento para deixar você ver o coronel. E conta como estou velho. Como não valho nada. O que ele vai lucrar me matando? Não vai lucrar nada. Afinal, ele bem que deve ter uma alma. Diga que não me mate pela bendita salvação de sua alma.

Justino levantou-se da pilha de pedras onde estava sentado e caminhou até a porta do curral. Depois virou-se para dizer:

– Então, vou. Mas, se por acaso me fuzilam também, quem vai cuidar da minha mulher e dos meus filhos?

– A Providência Divina, Justino. Ela tomará conta deles. Agora você tem de ir até lá e ver o que consegue fazer por mim. Isso é que é urgente agora.

TINHA SIDO TRAZIDO de madrugada. E agora a manhã já ia alta e ele ainda continuava ali, amarrado numa viga do teto do curral, esperando. Não conseguia ficar quieto. Bem que tinha tentado descansar um pouco, dormir para se apaziguar, mas o sono tinha ido embora. E a fome também. Não tinha vontade de nada. Só de viver. Agora que sabia de verdade mesmo que ia ser morto, sentia uma vontade tão grande de viver como só um recém-ressuscitado consegue sentir.

Quem diria que iriam voltar para aquele assunto tão velho, tão rançoso, tão enterrado, conforme ele acreditou que estava. Aquele assunto de quando ele precisou matar Dom Lupe. Não assim, matar só por matar, como o pessoal de Alima quisera convencer, mas porque teve suas razões. Ele se lembrava:

Dom Lupe Terreros, o dono da Porta de Pedra, e para melhor esclarecer, seu compadre. E que ele, Juvencio Nava, precisou matar justamente por causa disso; por ser o dono de Porta de Pedra e que, sendo também seu compadre, negou-lhe pasto para seus animais.

Primeiro, até que aguentou, só por compromisso. Mas depois, quando veio a seca, e viu como seus animais morriam um atrás do outro, fustigados pela fome, e seu compadre Lupe continuava negando o capim de seus pastos, foi então que começou a cortar a cerca e aboiar o monte de seus animais magros até o capinzal para que se fartassem de tanto comer. E Dom Lupe não gostou nada disso, e mandou tapar a cerca outra vez, para que ele, Juvencio Nava, tornasse a abri-la de novo. Assim, de dia tapavam a passagem na cerca, e de noite ele tornava a abrir, enquanto o gado estava ali, sempre grudado na cerca, sempre esperando; aquele seu gado que antes só vivia cheirando o capim sem poder prová-lo.

E ele e Dom Lupe discutiam e tornavam a discutir sem chegar a se pôr de acordo.

Até que Dom Lupe disse para ele:

– Escute aqui, Juvencio, mais um animal que você meter no meu pasto, e eu mato.

E ele respondeu:

– Escute, Dom Lupe, eu não tenho culpa se os animais procuram se ajeitar. Eles são inocentes. E ai de quem matar um deles.

"E MATOU UM bezerro meu.

"Isso aconteceu há 35 anos, lá por março, porque em abril eu já estava nos morros, correndo da ordem de prisão. Não adiantou nada ter dado dez vacas ao juiz, nem hipotecar a minha casa para sair da cadeia. E depois ainda ficaram com o que sobrou só para não me perseguir, mas me perseguiram do mesmo jeito. Por isso vim morar com meu filho nesse outro terreninho que era meu e que se chama Palo de

Venado. E meu filho cresceu e se casou com minha nora Ignacia e já teve oito filhos. Por isso mesmo, é assunto velho e que devia ter sido esquecido. Mas, pelo que se vê, não foi.

"Eu então calculei que com uns cem pesos arrumava tudo. O finado Dom Lupe era sozinho, era só ele e a mulher e dois menininhos que ainda engatinhavam. E a viúva morreu logo, dizem que de tristeza. E os menininhos foram levados para longe, com uns parentes. Por isso mesmo, da parte deles eu não precisava ter medo.

"Mas os outros se agarraram na história de que eu estava processado, julgado e com prisão decretada para me assustar e continuar me roubando. Cada vez que alguém chegava na cidade, me avisavam:

"– Tem uns forasteiros por aí, Juvencio.

"E eu partia para a montanha, me enredando no meio dos arbustos e passava os dias comendo puras folhagens. Às vezes tinha que sair à meia-noite, como se estivesse sendo corrido pelos cachorros. Isso durou a vida inteira. Não foi um ano nem dois. Foi a vida inteira."

E agora tinham ido atrás dele, quando já não esperava mais ninguém, confiando no esquecimento em que tinha ido parar; acreditando que pelo menos seus últimos dias passariam tranquilos. "Pelo menos isso", pensou, "vou conseguir por ter ficado velho. Vão me deixar em paz."

Tinha se entregado inteiro a essa esperança. Por isso custava tanto imaginar morrer assim, de repente, naquela altura da vida, depois de tanto lutar para se livrar da morte; de ter passado seu melhor tempo zanzando de um lado a outro, arrastado pelos sobressaltos, e quando seu corpo tinha acabado por se transformar numa pele seca curtida pelos dias ruins em que precisou andar se escondendo de tudo.

Pois, afinal, não tinha deixado até sua mulher ir embora? Naquele dia em que amanheceu com a novidade de que sua mulher tinha ido embora, nem passou pela sua cabeça a intenção de ir buscá-la. Deixou que ela se fosse sem perguntar nem com quem nem para onde, só para não descer até a cidade. Deixou que ela se fosse como tinha deixado todo o resto, sem se mexer. A única coisa que sobrava para ele cuidar era a vida, e ele iria conservá-la do jeito que fosse. Não podia deixar que o matassem. Não podia. E muito menos agora.

Mas tinha sido para isso que o trouxeram lá de Palo de Venado. Nem precisaram amarrá-lo para que ele os seguisse. Ele andou sozinho, amarrado só pelo medo. Eles perceberam que ele não conseguia correr com aquele corpo velho, com aquelas pernas magras que nem cipó seco, cheias de cãibras pelo medo de morrer. Porque ele ia. Morrer. Disseram a ele.

E desde então, ele soube. Começou a sentir aquela comichão no estômago, que chegava de repente sempre que via a morte de perto e que tirava toda a sua vontade pelos olhos e que inchava a sua boca com aquelas golfadas de água amarga que tinha de engolir sem querer. E aquela coisa que tornava seus pés pesados enquanto sua cabeça amolecia e o coração grudava com todas as forças em suas costelas. Não, não conseguia se acostumar à ideia de que iam matá-lo.

Tinha de haver alguma esperança. Em algum lugar ainda poderia existir alguma esperança. Talvez eles tivessem se enganado. Talvez procurassem um outro Juvencio Nava e não o Juvencio Nava que era ele.

Caminhou entre aqueles homens em silêncio, com os braços caídos. A madrugada era escura, sem estrelas. O vento soprava devagar, levava a terra seca e trazia mais, cheia desse cheiro de urina que o pó dos caminhos tem.

Seus olhos, que tinham se apequenado com os anos, vinham vendo a terra, aqui, debaixo de seus pés, apesar da escuridão. Ali, na terra, estava a sua vida inteira. Sessenta anos de viver em cima dela, de enterrá-la entre suas mãos, de tê-la provado como se prova o sabor da carne.

E assim ele veio durante o tempo todo esquartejando a terra com os olhos, saboreando cada pedaço como se fosse o último, sabendo ou quase que seria o último.

Depois, como quem quer dizer alguma coisa, olhava os homens que iam ao seu lado. Ia dizer a eles que o soltassem, que dissessem que fosse embora: "Eu não fiz mal a ninguém, rapazes", ia dizer a eles, mas ficava calado. "Um bocadinho mais adiante, vou dizer", pensava. E ficava só olhando. Podia até imaginar que eram seus amigos; mas não queria. Não eram. Não sabia quem eram. Via que estavam ao seu lado andando meio de banda e de vez em quando se agachando para ver por onde ia o caminho.

Tinha-os visto pela primeira vez ao empardecer da tarde, naquela hora desbotada em que tudo parece chamuscado. Tinham atravessado os sulcos pisando o milharal terno. E ele tinha descido para isso: para dizer a eles que o milharal estava começando a brotar. Mas eles não pararam.

Tinha-os visto a tempo. Sempre teve a sorte de ver tudo a tempo. Podia ter-se escondido, ido caminhar algumas horas pela montanha até eles irem embora, e depois tornar a descer. Afinal, o milharal não ia brotar mesmo. Já era tempo de que as águas tivessem vindo e as águas não apareciam e o milharal começava a murchar. Não ia levar muito tempo até estar todo seco.

Por isso, nem valia a pena ter descido; ter se metido no meio daqueles homens como quem entra num buraco, para não tornar mais a sair.

E agora caminhava ao lado deles, segurando a vontade de dizer a eles que o soltassem. Não via suas caras; só via os vultos que se aproximavam ou se separavam dele. Assim que quando se pôs a falar, não ficou sabendo se tinham ouvido o que ele dizia. Disse:

– Eu nunca fiz mal a ninguém – disse. Mas nada mudou. Nenhum dos vultos pareceu ter ouvido. As caras não se viraram para vê-lo. Continuaram do mesmo jeito, como se estivessem caminhando dormindo.

Então pensou que já não tinha mais nada a dizer, e que teria de procurar a esperança de outro jeito. Deixou os braços caírem outra vez e chegou nas primeiras casas da aldeia no meio daqueles quatro homens escurecidos pela cor negra da noite.

– CORONEL, AQUI está o homem.

Tinham parado diante da brecha da porta. Ele, com o chapéu na mão, por respeito, esperando ver alguém sair. Mas só saiu a voz:

– Que homem? – perguntaram.

– O de Palo de Venado, coronel. Aquele que o senhor mandou a gente trazer.

– Pergunte se algum dia ele morou em Alima – tornou a dizer a voz lá de dentro.

– Ei, você! Já morou em Alima? – o sargento que estava na frente dele repetiu a pergunta.

– Morei. Diga ao coronel que sou de lá. E que morei lá até há pouco.

– Pergunte se conheceu Guadalupe Terreros.

– Que se você conheceu Guadalupe Terreros.

– Dom Lupe? Conheci. Diga que conheci. Morreu.

Então a voz lá de dentro mudou de tom:

– Que morreu eu sei – disse. E continuou falando como se conversasse com alguém, lá do outro lado da parede de pau a pique.

– Guadalupe Terreros era meu pai. Quando cresci e procurei, me disseram que estava morto. É difícil crescer sabendo que a coisa onde podemos nos agarrar para enraizar está morta. Aconteceu com a gente.

"Depois fiquei sabendo que ele tinha sido morto a golpes de facão, e arrematado com um chuço de boi no estômago. Contaram que durou mais de dois dias perdido e que quando o encontraram, jogado num arroio, ainda estava agonizando e pedindo que alguém cuidasse da sua família.

"Com o tempo, parece que isso acaba no esquecimento. Eu tentei esquecer. Mas o que não se esquece é ficar sabendo que o homem que fez aquilo ainda está vivo, alimentando sua alma podre com a ilusão da vida eterna. Esse eu não poderia perdoar, mesmo sem conhecer; mas só saber que ele está no lugar onde sei que está me dá força para acabar com ele. Não posso permitir que ele continue vivendo. Não devia nem ter nascido, jamais."

Daqui, do lado de fora, deu para ouvir bem tudo que ele disse. Depois, deu a ordem:

– Podem levá-lo e deixem que fique amarrado um pouco, para que sofra, e depois fuzilem ele!

– Olhe para mim, coronel! – ele pediu. – Eu não valho nada. Não vai demorar para que eu morra sozinho, estropiado de velho. Não me mate...!

– Podem levar! – tornou a dizer a voz lá de dentro.

– ... Eu já paguei, coronel. Paguei muitas vezes. Tiraram tudo de mim. E me castigaram de muitas maneiras. Passei uns quarenta anos escondido como um apestado, sempre com o palpite de que iam me matar a qualquer hora. Não mereço morrer desse jeito, coronel. Deixe que pelo menos o Senhor me perdoe. Não me mate! Diga a eles que não me matem!

Estava ali, como se tivesse sido golpeado, sacudindo seu chapéu contra a terra. Gritando.

Em seguida, a voz lá de dentro disse:

– Podem amarrá-lo e dar alguma coisa para ele beber até que se embebede e os tiros não doam.

AGORA, ENFIM, ESTAVA apaziguado. Estava ali encolhido aos pés da viga do galpão. Seu filho Justino havia vindo e seu filho Justino tinha ido embora e tinha voltado e agora vinha outra vez.

Jogou-o em cima do burro. Apertou-o bem apertado com umas correias no estribo para que não caísse pelo caminho. Meteu sua cabeça dentro de um balaio para que não desse má impressão. E depois puxou a crina do burro para que andasse depressa e foram embora, chispando, para chegar a Palo de Venado ainda a tempo de arrumar o velório do finado.

– Sua nora e seus netos vão sentir sua falta – ia dizendo. – Vão olhar a sua cara e achar que não é você. Vão pensar que você foi comido por um coiote, quando virem essa sua cara tão cheia de furos de tantos tiros de misericórdia que deram em você.

10
Luvina

Dos morros altos do sul, o de Luvina é o mais alto e o mais pedregoso. Está coberto dessa pedra cor de cinza que usam para fazer cal, mas em Luvina não fazem cal com ela, nem tiram proveito algum. Lá, é chamada de pedra crua, e a encosta que sobe até Luvina é chamada de ladeira da Pedra Crua. O ar e o sol se encarregaram de esfacelá-la, de maneira que a terra de lá é branca e brilhante como se estivesse orvalhada sempre pelo orvalho do amanhecer, embora isso seja só uma forma de dizer, porque em Luvina os dias são tão frios como as noites e o orvalho coalha no céu antes de cair sobre a terra.

... E a terra é empinada. Trinca-se por todos os lados em barrancos profundos, de uma fundura que se perde de tão distante. Os de Luvina dizem que daqueles barrancos sobem os sonhos; mas a única coisa que eu vi subir foi o vento, em puro alvoroço, como se lá embaixo ele estivesse encanado em tubos de bambu. Um vento que não deixa nem as doces-amargas crescerem: aquelas plantinhas tristes que mal e mal conseguem viver um pouco untadas à terra, agarradas com todas as suas mãos ao despenhadeiro dos montes. Só às vezes, onde existe um pouco de sombra, escondidos entre as pedras, florescem cactos com suas amapolas brancas. Mas murcham logo. Então a gente ouve como eles arranham o ar com sua ramagem espinhosa, fazendo um ruído como o de uma faca numa pedra de afiar.

– O senhor já vai ver o vento que sopra sobre Luvina. É pardo. Dizem que porque arrasta areia de vulcão; mas a verdade é que é um vento negro. O senhor vai ver já, já. Ele se planta em Luvina agarrando-se nas coisas como se estivesse mordendo. E sobram dias em que leva o teto das casas como se levasse um chapéu de palha, deixando os paredões lisos, desprotegidos. Depois arranha como se tivesse unhas: a gente ouve de manhã e de tarde, uma hora atrás da outra, sem descanso, raspando as paredes, arrancando torrões de terra, escalavrando com sua pá bicuda por baixo das portas, até senti-lo bulir dentro da gente como se começasse a remover as juntas dos nossos próprios ossos. O senhor já vai ver.

Aquele homem que falava ficou calado um instante, olhando para fora.

Chegava a eles o som do rio passando suas águas inchadas pelas ramas dos salgueiros-chorões; o rumor do ar movendo suavemente as folhas das amendoeiras, e os gritos das crianças brincando no pequeno espaço iluminado pela luz que saía do armazém. Os bichos de luz entravam e rebotavam contra a lâmpada de petróleo, caindo no chão com as asas chamuscadas.

E, lá fora, a noite continuava avançando.

– Ouve, Camilo, manda aí mais duas cervejas para nós! – tornou a dizer o homem. Depois acrescentou: – Mais uma coisa, senhor. O senhor jamais verá um céu azul em Luvina. Lá, o horizonte inteiro está desbotado; nublado sempre por uma mancha escura que não se apaga nunca. A serrania toda rapada, sem uma árvore, sem uma coisa verde para descansar os olhos; tudo envolto no nevoeiro cinzento. O senhor verá isso: aqueles morros apagados como se estivessem mortos, e verá Luvina lá no alto mais alto, coroando tudo com seu casario branco feito coroa de defunto...

Os gritos dos meninos se aproximaram até se meter dentro do armazém. Isso fez com que o homem se levantasse, fosse até a porta e dissesse a eles: "Vão para longe! Não interrompam a gente! Continuem brincando, mas sem armar alvoroço."

Depois, dirigindo-se à mesa outra vez, sentou-se e disse:

– Pois sim, é como eu estava dizendo. Chove pouco. Lá pelo meio do ano chegam algumas tormentas que açoitam a terra e a dilaceram, deixando só o pedregal florindo em cima do morro. Então, é bom ver como as nuvens se arrastam, como andam de um morro a outro dando voltas como se fossem balões inflados; rebotando e dando trovoadas como se quebrassem no fio dos barrancos. Mas depois de dez ou doze dias vão embora e não regressam até o ano seguinte, e às vezes se dá o caso de não regressarem a não ser em vários anos.

"... Sim, chove pouco. Tão pouco ou quase nada, tanto assim que a terra, além de estar ressecada e enrugada feito couro velho, vai se enchendo de rachaduras e daquela coisa que lá eles chamam de 'espinhos d'água', que não são outra coisa além de torrões endurecidos como pedras afiadas, que encravam nos pés da gente quando a gente caminha, como se ali tivesse crescido espinho até na terra. Como se fosse isso."

Bebeu a cerveja até só deixar borbulhas de espuma na garrafa e continuou dizendo:

– Por qualquer lado que a gente olhe, Luvina é um lugar muito triste. O senhor, que está indo para lá, vai notar. Eu diria que é o lugar onde a tristeza fez seu ninho. Onde não se conhece o sorriso, como se tivessem entabuado a cara de todo mundo. E o senhor, querendo, pode ver essa tristeza na hora que quiser. O vento que sopra por lá revolve a tristeza, mas não a leva nunca. Ela está ali como se ali tivesse nascido. E dá até para provar e sentir, porque está sempre em cima da gente, apertada na gente, e porque é oprimente como um grande cataplasma em cima da carne viva do coração.

"... Quem é de lá diz que, quando a lua fica cheia, vem dela a figura do vento percorrendo as ruas de Luvina, levando arrastada uma coberta negra; mas o que eu sempre cheguei a ver, quando havia lua em Luvina, foi a imagem do desconsolo... sempre.

"Mas tome a sua cerveja. Estou vendo que não deu nem uma provadinha. Tome. Ou será que o senhor não gosta de cerveja desse jeito, morna? É que aqui só tem desse jeito. Eu sei que assim o gosto é ruim; que fica meio com gosto de mijo de burro. Aqui, a gente se acostuma. Aposto que lá, nem isso se consegue. Quando o senhor estiver em Luvina, vai sentir falta dessa cerveja. Lá, não vai beber outra coisa além do mescal que eles fazem com uma erva chamada *hojasé*, e já nos primeiros goles o senhor vai estar dando cambalhotas como se alguém o esporeasse. É melhor tomar essa cerveja. Eu sei do que estou dizendo."

Lá fora, continuava-se a ouvir o batalhar do rio. O rumor do ar. Os meninos brincando. Parecia que ainda era cedo na noite.

O homem tinha ido espiar uma vez mais a porta e tinha voltado.

Agora vinha dizendo:

– Daqui, é fácil ver as coisas, trazidas só mesmo pelas lembranças, e que não se parecem com nada. Mas tratando-se de Luvina, eu não tenho nenhum trabalho em continuar falando daquilo que sei. Morei lá. E lá deixei a vida... Fui para aquele lugar com minhas ilusões inteiras e voltei velho e acabado. E agora o senhor está indo para lá... Muito bem. Acho que consigo recordar o começo. Eu me ponho em seu lugar e penso... Veja só, senhor, quando eu cheguei a Luvina pela primeira vez... Mas posso antes tomar a sua cerveja? Vejo que o senhor não está ligando para ela. E para mim, ela é muito útil. Ela me alivia. Sinto como se enxaguassem a minha cabeça com álcool alcanforado... Bem, eu estava contando que quando cheguei a Luvina pela primeira vez o arrieiro que nos levou nem quis deixar que os animais descansassem. Assim que nos botou no chão, fez meia-volta:

"– Daqui eu volto – nos disse.

"– Espera, não vai nem deixar os animais sestearem um pouco? Eles estão esbodegados.

"– Pois aqui se esbodegariam ainda mais – nos disse. – É melhor voltar.

"E foi-se embora, nos deixando jogados pela pendente da Pedra Crua, esporeando os cavalos como se estivesse se afastando de algum lugar endemoniado.

"Nós, minha mulher e meus três filhos, ficamos ali, parados no meio da praça, com toda a nossa bagagem nos braços. No meio daquele lugar onde só se ouvia o vento...

"Uma praça solitária, sem uma única planta para deter o ar. Lá ficamos nós.

"Então eu perguntei à minha mulher:

"– Em que país estamos, Agripina?

"E ela sacudiu os ombros.

"– Bem, se você não se importar, vá procurar um lugar para se comer e passar a noite. Nós esperamos aqui – eu disse.

"Ela agarrou o mais pequeno dos filhos e saiu. Mas não regressou.

"Ao entardecer, quando o sol só iluminava as pontas dos morros, fomos procurá-la. Andamos pelas ruelas de Luvina, até que a encontramos enfiada na igreja: sentada no meio daquela igreja solitária, com o menino dormindo entre suas pernas.

"– O que você está fazendo aqui, Agripina?

"– Entrei para rezar – ela disse.

"– Para quê? – perguntei.

"E ela ergueu os ombros.

"Ali não havia santo a quem rezar. Era um galpão vazio, sem portas, só uns socavões abertos e um teto destrambelhado por onde o ar entrava como se fosse uma rede.

"– Onde fica a pensão?

"– Não tem nenhuma pensão.

"– E onde é que se come?

"– Não tem nenhum lugar para comer.

"– Você viu alguém? Será que tem gente morando aqui? – perguntei.

"– Vi, ali em frente... Umas mulheres... Continuo vendo... Olha lá, atrás da treliça dessa porta vejo brilharem os olhos que nos olham... Estão olhando para cá... Olha. Vejo as bolinhas brilhantes de seus olhos... Mas não têm nada para a gente comer. Mesmo sem pôr a cabeça para fora, me disseram que neste povoado não havia nada para comer... Então entrei aqui para rezar, pedir a Deus por nós.

"– Por que você não voltou? Ficamos esperando.

"– Entrei aqui para rezar. Ainda não acabei.

"– Que país é este, Agripina?

"E ela tornou a erguer os ombros.

"Naquela noite nos acomodamos para dormir num canto da igreja, atrás do altar desmantelado. O vento chegava até ali, embora um pouco menos forte. Ficamos ouvindo como ele passava por cima de nós, com seus longos uivos; ficamos ouvindo entrar e sair pelos vãos ocos das portas; golpeando com suas mãos de ar as cruzes da *via crucis*: umas cruzes grandes e duras feitas com pau de acácia dependuradas nas paredes ao longo de toda a igreja, amarradas com arames que rangiam a cada sacudida do vento como se fosse um ranger de dentes.

"As crianças choravam porque o medo não as deixava dormir. E minha mulher, tratando de retê-las em seus braços. Abraçando seu punhado de filhos. E eu ali, sem saber o que fazer.

"Pouco antes de amanhecer, o vento se acalmou. Depois regressou. Mas houve um momento naquela madrugada em que tudo ficou tranquilo, como se o céu tivesse se juntado com a terra, esmagando os ruídos com seu peso... Ouvia-se a respiração das crianças, já descansada. Ouvia o ressoar de minha mulher ali ao meu lado:

"– O que foi? – ela me disse.

"– O que foi o quê? – perguntei.

"– Esse ruído.

"– É o silêncio. Durma. Descansa, mesmo que seja só um pouquinho, que já vai amanhecer.

"Mas logo depois eu também ouvi. Era como um rufar de asas de morcegos na escuridão, e muito perto de nós. De morcegos de grandes asas que roçavam o chão. Levantei-me e ouviu-se um rufar mais forte, como se o bando de morcegos tivesse se espantado e voasse até os buracos das portas. Então caminhei na ponta dos pés até lá, sentindo na minha frente aquele murmúrio surdo. Parei na porta e vi. Vi todas as mulheres de Luvina com seus cântaros ao ombro, com o xale balançando em suas cabeças e suas figuras negras sobre o negro fundo da noite.

"– O que vocês querem? – perguntei. – O que procuram a esta hora?

"Uma delas respondeu:

"– Vamos buscar água.

"E eu as vi paradas na minha frente, olhando para mim. Depois, como se fossem sombras, começaram a caminhar rua abaixo com seus cântaros negros.

"Não, jamais esquecerei aquela primeira noite que passei em Luvina.

"... O senhor não acha que isso tudo merece outro trago? Nem que seja só para tirar de mim o mau sabor da lembrança."

– ACHO QUE o senhor me perguntou quantos anos passei em Luvina, não é? Pois a verdade é que não sei. Perdi a noção do tempo desde que as febres me arrevesaram o tempo; mas deve ter sido uma eternidade... E é que lá o tempo é muito longo. Ninguém faz a conta das horas e ninguém se preocupa em ver como os anos vão se acumulando. Os dias começam e acabam. Depois vem a noite. Só o dia e a noite até o dia da morte, que para eles é uma esperança.

"O senhor vai achar que estou girando ao redor de uma mesma ideia. E estou mesmo, sim, senhor... Estar sentado no umbral da porta, olhando o nascer e o pôr do sol, levantando e baixando a cabeça, até o molejo acabar afrouxando e então tudo fica quieto, sem tempo, como se a gente vivesse na eternidade sempre. É isso que os velhos fazem lá.

"Porque em Luvina só moram os velhos muito velhos e os que ainda não nasceram, como se diz... E mulheres sem forças, quase travadas de tão magras. As crianças que nasceram lá foram embora... Mal clareia a madrugada, e já são homens. Como se diz, dão um pulo do peito da mãe para o enxadão e desaparecem de Luvina. Lá, é assim.

"Só ficam os velhos muito velhos e as mulheres sozinhas, ou com um marido que sabe Deus por onde anda. Vêm de vez em quando, como as tormentas que eu mencionava; ouve-se um murmúrio no povoado inteiro quando regressam e como um uivo quando se vão... Deixam o fardo do mantimento para os velhos e plantam outro filho no ventre de suas mulheres, e ninguém mais torna a saber deles até o ano seguinte, e às vezes até nunca... É o costume. Lá dizem que é a lei, mas dá no mesmo. Os filhos passam a vida trabalhando para os pais como eles trabalharam para os deles e como quem sabe quantos atrás deles cumpriram essa lei...

"Enquanto isso, os velhos esperam por eles e pelo dia da morte, sentados às suas portas, com os braços caídos, movidos apenas por essa graça que é a gratidão do filho... Sozinhos, naquela solidão de Luvina.

"Um dia tentei convencê-los a irem para outro lugar, onde a terra fosse boa. 'Vamos embora daqui!', eu disse a eles. 'Deve ter algum jeito de a gente se acomodar em algum lugar. O Governo ajuda.'

"Eles me ouviram sem pestanejar, olhando para mim do fundo de seus olhos de onde só aparecia uma luzinha lá de muito dentro.

"– Você está dizendo que o Governo vai nos ajudar, professor? Você conhece o Governo?

"Respondi que sim.

"– Nós também conhecemos. Acontece essa coincidência. Do que a gente não sabe nada é da mãe do Governo.

"Eu disse a eles que era a Pátria. Eles mexeram a cabeça dizendo que não. E deram risada. Foi a única vez que vi uma pessoa de Luvina rindo. Mostraram seus dentes bambos e me disseram que não, que o Governo não tinha mãe.

"E têm razão, sabe? Esse senhor chamado Governo só se lembra deles quando algum de seus rapazes faz alguma safadeza aqui embaixo. Então manda alguém atrás dele até Luvina e o matam. Dali em diante, nem sabe se existem.

"– Você quer nos dizer que a gente deixe Luvina porque, segundo você, já basta de aguentar tantas fomes sem necessidade – me disseram. – Mas, se a gente for embora, quem levará os nossos mortos? Eles vivem aqui e a gente não pode deixá-los sozinhos.

"E continuam por lá. O senhor vai vê-los na hora de ir embora. Mascando bagaços de capim seco e engolindo sua própria saliva para enganar a fome. Vai vê-los passar como sombras, grudados nos muros das casas, quase arrastados pelo vento.

"– Não escutam esse vento? – acabei dizendo a eles. – Esse vento vai acabar com vocês.

"– Dura o que deve durar. É o mandato de Deus – responderam. – É ruim quando deixa de ventar. Quando isso acontece, o sol chega muito perto de Luvina e chupa o nosso sangue e a pouca água que a gente traz no corpo. O vento faz com que o sol fique lá em cima. Melhor assim.

"Não tornei a dizer mais nada. Saí de Luvina e não voltei nem penso em voltar.

"... Mas veja só as cambalhotas que o mundo dá. O senhor vai para lá agora, dentro de poucas horas. Talvez já tenham se passado quinze anos que me disseram a mesma coisa: 'O senhor vai para San Juan Luvina.'

"Naquela época tinha eu minhas forças. Estava carregado de ideias... O senhor sabe que infundem ideias em todos nós. E a gente vai levando essa coisa para plasmá-la em todos os lugares. Mas em Luvina isso não quadrou. Fiz a experiência de ensinar numa escola rural, e ela se desfez...

"San Juan Luvina. Aquele nome soava a nome de céu. Mas aquilo lá é o purgatório. Um lugar moribundo onde morreram até os cães e já não há nem quem ladre para o silêncio; pois assim que a gente se acostuma ao vendaval que sopra por lá, não se ouve nada além do silêncio que existe em todas as solidões. E isso acaba com a gente. Olhe para mim. Acabou comigo. O senhor que está indo para lá vai entender depressa o que estou dizendo..."

"O que o senhor acha se pedimos a este senhor aqui que nos prepare uns mescalitos? Com a cerveja a gente acaba se levantando a toda hora e isso interrompe muito a conversa. Escute aqui, Camilo, mande agora uns mescais para a gente!

"Pois é, mas como eu ia dizendo..."

MAS NÃO DISSE nada. Ficou olhando um ponto fixo sobre a mesa onde os bichos de luz já sem suas asas rondavam como minhoquinhas nuas.

Lá fora continuava-se a ouvir como a noite avançava. O chafurdar do rio contra os troncos dos salgueiros. A gritaria já muito distante das crianças. Pelo pequeno céu da porta surgiam as estrelas.

O homem que olhava os bichos de luz recostou-se sobre a mesa e adormeceu.

11
A noite em que deixaram ele sozinho

– Por que tão devagar? – Feliciano Ruelas perguntou aos dois que iam na frente. – Desse jeito a gente vai acabar dormindo. Será que vocês não têm pressa de chegar logo?

– A gente vai chegar amanhã de manhãzinha – responderam.

Foi a última coisa que ouviu dos dois. Suas últimas palavras. Mas disso se lembraria depois, no dia seguinte.

Lá iam os três, olhando o chão, tratando de aproveitar a pouca claridade da noite.

"É melhor estar escuro. Assim, não verão a gente." Também tinham dito isso, um pouco antes, ou talvez na noite anterior. Não se lembrava. O sono nublava seu pensamento.

Agora, na subida, viu que lá vinha o sono de novo. Sentiu quando chegou perto, rodeando-o como se buscasse a sua parte mais cansada. Até que caiu em cima dele, sobre suas costas, onde levava os rifles cruzados.

Enquanto o terreno esteve regular, caminhou depressa. Ao começar a subida, atrasou-se; sua cabeça começou a se mover devagar, mais lentamente conforme seus passos se encurtavam. Os outros passaram ao seu lado, agora iam muito adiante e ele continuava balançando a cabeça adormecida.

Foi ficando para trás. Tinha o caminho à sua frente, quase na altura de seus olhos. E o peso dos rifles. E o sonho trepado ali, onde suas costas se encurvavam.

Ouviu quando perdia seus passos: aquelas pisadas ocas que vinha ouvindo sabe lá desde quando, durante quem sabe quantas noites: "Da Magdalena para cá, a primeira noite; depois de lá para cá, a segunda, e esta é a terceira. Não seriam muitas", pensou, "se tivéssemos pelo menos dormido de dia. Mas eles não quiseram: 'Podem pegar a gente enquanto a gente dorme', disseram. 'E isso seria a pior coisa.'"

Pior para quem?

Agora o sono o fazia falar. "Eu disse a eles que esperassem: vamos deixar este dia para descansar. Amanhã a gente caminha direto e com mais gana e com mais força, se precisarmos correr. Pode acontecer, se for o caso."

Parou, com os olhos fechados. "É muito", disse. "O que é que a gente ganha com a pressa? Uma jornada. Depois de tantas que perdemos, não vale a pena." Em seguida gritou: "Onde é que vocês andam?"

E quase em segredo: "Vão embora, então. Vão!"

Encostou-se no tronco de uma árvore. Lá estava a terra fria e o suor convertido em água fria. Esta devia ser a serra de que tinham falado. Lá embaixo o tempo morno, e agora aqui este frio que se enfiava por baixo do capotão: "Como se me levantassem a camisa e manuseassem minha pele com mãos geladas."

Foi sentando sobre o musgo. Abriu os braços como se quisesse medir o tamanho da noite e encontrou uma cerca de árvores. Respirou o ar cheirando a terebintina. Depois deixou-se deslizar no sono, sobre as ramas secas, sentindo como seu corpo ia se intumescendo.

Foi despertado pelo frio da madrugada. A umidade do orvalho.

Abriu os olhos. Viu estrelas transparentes num céu claro, por cima dos galhos escuros.

"Está escurecendo", pensou. E tornou a dormir.

Levantou-se ao ouvir gritos e o apertado golpear de cascos sobre a argila seca do caminho. Uma luz amarela beirava o horizonte.

Os arrieiros passaram ao lado dele, olhando-o. Cumprimentaram: "Bom dia", disseram. Mas ele não respondeu.

Lembrou-se do que tinha de fazer. Já era de dia. E ele devia ter atravessado a serra de noite para evitar os vigias. Aquele passo era o mais guardado. Tinham dito a ele.

Tomou o cesto com as carabinas e jogou-as nas costas. Fez-se a um lado do caminho e cortou pelo monte, até onde o sol estava saindo. Subiu e desceu, cruzando colinas empedradas.

Parecia ouvir os arrieiros, que diziam: "Vimos ele lá em cima. É assim e assado, e carrega muitas armas."

Jogou os rifles fora. Depois se desfez das cartucheiras. Então sentiu-se levinho e começou a correr como se quisesse ganhar dos arrieiros na descida.

Era preciso "subir lá no alto, rodear a meseta e depois descer". Estava fazendo isso. Deus mediante. Estava fazendo o que lhe disseram que fizesse, embora não nas horas indicadas.

Chegou na beira do barranco. Olhou lá longe a grande planície cinzenta.

"Eles devem estar lá. Descansando ao sol, já sem nenhuma ladeira", pensou.

E deixou-se cair barranco abaixo, rodando e correndo e tornando a rodar.

"Deus mediante!", dizia. E rodava cada vez mais em sua correria.

Parecia continuar ouvindo os arrieiros quando disseram a ele: "Bom dia!" Sentiu que seus olhos eram enganadores. Chegarão ao primeiro vigia e dirão: "Vimos ele em tal e tal lugar. Não vai demorar para estar por aqui."

De repente ficou quieto.

"Cristo!", disse. E já ia gritar: "Viva Cristo Rei!", mas se conteve. Tirou a pistola do embornal e acomodou-a debaixo da camisa, para sentir que estava pertinho de sua carne. Isso deu coragem a ele. Foi se aproximando até os ranchos de Água Zarca em passos silenciosos, olhando o bulício dos soldados que se esquentavam perto de grandes fogueiras.

Chegou até as grades do curral e pôde vê-los melhor; reconhecer suas caras: eram eles, seu tio Tanis e seu tio Librado. Enquanto os soldados davam a volta ao redor do lume, eles se balançavam, dependurados de um tronco alto, no meio do curral. Não pareciam mais estar percebendo a fumaça que subia das fogueiras, e que enevoava seus olhos vidrosos e enegrecia suas caras.

Não quis continuar vendo os dois. Arrastou-se ao longo da cerca e encolheu-se numa esquina, descansando o corpo, embora sentisse que uma minhoca se retorcia em seu estômago.

Acima dele, ouviu que alguém dizia:

– O que estão esperando para baixar esses dois?

– Estamos esperando o outro chegar. Dizem que eram três, então tem de ser três. Dizem que o que está faltando é um rapazinho; mas, rapazinho e tudo, foi quem armou a emboscada para o tenente Parra e acabou com seu pessoal. Tem de cair por aqui, como caíram esses outros que eram mais velhos e mais bravos. Meu major diz que se não vier de hoje para amanhã, inteiramos a conta com o primeiro que passar, e assim as ordens terão sido cumpridas.

– E por que a gente não sai buscando? Vai ver a gente se distrai um pouco.

– Não carece. Tem de vir. Estão todos bandeando para a serra de Comanja para se juntar com os cristeiros do Catorze. Esses aí já são dos últimos. Bom mesmo seria deixá-los passar para que dessem guerra aos companheiros de Los Altos.

– É, isso, sim, seria bom. Vamos ver se por causa disso também não enfileiram a gente para aqueles rumos.

Feliciano Ruelas esperou um pouco mais para que o bulício que arranhava seu estômago se acalmasse. Depois sorveu um bocadinho de ar como se fosse mergulhar na água e, agachado até se arrastar pelo chão, foi caminhando, empurrando o corpo com as mãos.

Quando chegou ao rés do arroio, ergueu a cabeça e desandou a correr, abrindo caminho no pasto. Não olhou para trás nem parou em sua corrida até sentir que o arroio se dissolvia na planície.

Então parou. Respirou forte e tremulamente.

12
Passo do Norte

– Vou pra longe, pai; e então vim dar esse aviso.

– E vai pra onde, se é que se pode saber?

– Vou pro norte.

– E norte por quê? Teus negócios não tão aqui? Você não tá metido no negócio de porcos?

– Estava. Não tou mais. Não dá nada. Semana passada não conseguimos nem ganhar pra comer, e na retrasada só comemos daquele matinho chamado bredo. Tá todo mundo com fome, pai; o senhor nem passa perto disso, porque vive bem.

– Que é que você está dizendo?

– Que tá tendo fome. Pro senhor, não. O senhor vende seus foguetes e busca-pés e pólvora e com isso vai levando. Enquanto houver festa, vai chover dinheiro pro senhor; mas pra mim não, pai. Ninguém mais cria porcos nesses tempos. E quem cria come. E se vende, vende caro. E não há dinheiro pra vendê-los, além do mais. Meu negócio se acabou, pai.

– E que diabo você vai fazer no norte?

– Pois ganhar dinheiro. Veja só, o Carmelo voltou rico, trouxe até gramofone e cobra pela música, cinco centavos. Tanto faz, de uma rumba a essa tal Anderson que canta canções tristes; tudo pelo mesmo preço, e ganha seu dinheirinho e fazem até fila pra ouvir. Então veja o senhor, não tem outra coisa a não ser ir e voltar. Por isso eu vou.

– E onde é que você vai guardar sua mulher com os meninos?

– Pois por isso vim avisar, pra que o senhor tome conta deles.

– E você está achando que eu sou o quê, sua babá? Se você está indo, pois que Deus que dê seus jeitos para tomar conta deles. Eu não estou mais pra criar meninos; de ter criado você e sua irmã, que em paz descanse, já tive de sobra. De hoje em diante não quero ter compromissos. E como diz o ditado: "Se o sino não toca é porque não tem badalo."

– Nem sei o que dizer, pai, nem estou conhecendo você. O que foi que eu ganhei com ter sido criado pelo senhor? Só trabalho e mais trabalho. O senhor só me trouxe ao mundo para que eu que me arrumasse do jeito que desse. Nem para me ensinar o ofício de fogueteiro, só pra eu não criar competição com o senhor. Botou em mim umas calças e uma camisa e me mandou pros caminhos pra que eu aprendesse a viver por minha conta e risco e quase que me botava pra fora da sua casa com uma mão na frente e a outra atrás. Veja só, este é o resultado: estamos morrendo de fome. A nora e os netos e este aqui, filho seu, que é como dizer a sua descendência inteirinha, estamos a ponto de esticar as canelas e cairmos duros. E a vergonha é que tudo isso é de fome. O senhor acha que isso é legal e justo?

– E para mim o que é que eu tenho a ver com tudo isso? Você foi se casar pra quê? Saiu de casa sem nem me pedir licença.

– Mas isso foi porque a Tránsito nunca pareceu boa pro senhor. Maldou ela sempre que eu truxe, e lembro bem, nem se virou pra ver ela na primeira vez que ela veio: "Olhe, papai, essa é a mocinha com quem vou me ajuntar." O senhor se largou falando em versos e dizendo que conhecia ela intimamente como se ela fosse mulher da rua. E disse um montão de coisas que nem eu entendi. Por isso não truxe mais ela aqui. Então por isso o senhor não deve guardar nenhum rancor meu. Agora só quero que cuide dela pra mim porque estou indo de verdade. Aqui já não tem mais o que fazer, nem tem como procurar.

– Tudo isso é fuxico e falação. Trabalhando se come e comendo se vive. Aprenda a minha sabedoria. Eu estou velho e não me queixo. De rapaz, nem se fale; tinha até pra conseguir mulher de vez em quando. O trabalho dá pra tudo e quanto mais pras urgências do corpo. Acontece que você é tonto. E não vem me dizer que quem ensinou isso fui eu.

– Mas o senhor me nasceu. E o senhor tinha de ter me encaminhado em vez de me largar feito cavalo solto no milharal.

– Quando foi-se embora, você já estava taludo. Ou ia querer que eu sustentasse você pra sempre? Só as lagartixas procuram o mesmo esconderijo até para morrer. Pois diga então que você deu certo e que conheceu mulher e que teve filhos; tem gente por aí que nem isso conseguiu na vida: passaram que nem as águas dos rios, sem comer nem beber.

– Pois o senhor nem mesmo pra me ensinar a fazer versos, e isso sabia fazer. Porque com isso pelo menos eu teria ganhado alguma coisa divertindo o pessoal, do jeito que o senhor faz. E no dia em que pedi, me disse: "Vá vender ovos, que ganha mais." E no começo virei oveiro e adespois galinheiro e depois vendi porcos e nisso até que eu não ia tão mal, pode-se dizer. Mas o dinheiro se acaba; vêm os filhos e sorvem ele feito água e depois não sobra nada pro negócio e ninguém quer fiar. E então eu digo, semana passada come mos bredo, e nesta, pois nem isso. Por isso vou-me embora. E vou-me embora entristecido, pai, o senhor pode até não acreditar, mas vou assim porque gosto muito dos meninos, não que nem o senhor que só os criou e depois botou eles pra correr.

– Pois aprenda isso, filho: em ninho novo, há que se deixar um ovo. Quando a velhice bater, você vai aprender a viver, vai saber que os filhos vão-se embora, que não agradecem coisa alguma; comem até a sua lembrança.

– Isso é puro verso.

– Pode até ser, mas é a verdade.

– E eu, do senhor não esqueci, conforme o senhor mesmo pode ver.

– Você vem me procurar quando está necessitado. Se estivesse tranquilo ia se esquecer de mim. Depois que sua mãe morreu me senti sozinho; quando sua irmã morreu, mais sozinho; quando você foi embora vi que estava sozinho pra sempre. E agora você me chega e quer revirar meus sentimentos; mas você não sabe que é mais dificultoso ressuscitar um morto do que dar a vida de novo. Aprenda pois uma coisa. Andar pelos caminhos ensina muito. Andando assim você tem de se esfregar com a sua própria estopa, isso sim é o que você deve fazer.

– Quer dizer então que não vai cuidar deles pra mim?

– Pois deixa eles aí, que de fome ninguém morre.

– Mas me diga se vai cuidar deles, não quero ir embora sem essa certeza.

– E são em quantos?

– Pois só três meninos e duas meninas e a nora, que está pra lá de jovem.

– Pra lá de fodida, quer dizer.

– Fui seu primeiro marido. Era novinha. É boa. Trata ela bem, pai.

– E você volta quando?

– É logo, pai. É só ajuntar dinheiro, que eu volto. Pago em dobro o que o senhor fizer por eles. É só dar de comer, isso é tudo que eu peço.

Dos ranchos baixavam as pessoas aos povoados; as pessoas dos povoados iam para as cidades. Nas cidades as pessoas se perdiam; se dissolviam no meio do pessoal. "Será que o senhor sabe onde consigo trabalho?" "Sim, sei, vai pra Ciudad Juárez. Eu te passo duzentos pesos. Lá procura fulano de tal e diga que fui eu quem mandei. Mas não conte pra mais ninguém." "Está certo, senhor, amanhã mesmo faço isso."

– Escuta aqui, dizem que lá por Nonoalco andam precisando de gente pra descarregar os trens.

– E pagam?

– Claro, dois pesos a arrouba.

– A vera? Ontem mesmo descarreguei uma tonelada de banana atrás da Mercé e me deram o que comi. Acontece que era banana roubada e não me pagaram nada, até atiçaram a guarda pra cima de mim.

– Pois os da estrada de ferro são gente séria. É outra coisa. Você não vai arriscar nada.

– Mas então vou!

– Espero lá amanhã.

E, pois sim, baixamos a mercadoria dos trens da manhã até de noite e ainda sobrou trabalho pro outro dia. Nos pagaram. Eu contei o dinheiro: sessenta e quatro pesos. Se todos os dias fossem assim.

– Senhor, aqui estão os duzentos pesos.

– Muito bem. Então vou dar um papelzinho pro nosso amigo de Ciudad Juárez. Não vai perder. Ele vai passar você pela fronteira e de quebra você ainda leva um contrato de trabalho. Aqui está o domicílio e o telefone pra que você localize ele mais depressa. Não, você não vai pro Texas. Já ouviu falar de Oregon? Pois diga a ele que você quer ir para o Oregon. Pra colher maçãs, nada disso de algodão. Se vê que você é um homem inteligente. Lá, você vai se apresentar ao Fernández. Conhece ele? Senão, pergunta por ele. E se não quiser colher maçã, pois que vá botar dormentes. Isso dá mais e é mais durável. Você vai voltar com muitos dólares. Não vá perder esse cartãozinho.

– Pai, nos mataram.

– Mataram quem?

– Nós. Ao passar o rio. As balas zuniram até que mataram todos nós.

– Aonde?

– Lá, no Passo do Norte, enquanto nos ofuscavam com as lanternas, justo quando íamos cruzando o rio.

– E por quê?

– Pois nem fiquei sabendo, pai. Lembra do Estanislado? Foi ele que me avisou pra gente ir pra lá. Disse como é que estava a questão do assunto e a gente foi primeiro para a Cidade do México e de lá para o Passo. E estávamos passando o rio quando nos fuzilaram com os máuseres. E eu dei meia-volta porque ele me disse: "Me tira daqui, vizinho, não me deixe." E então já estava de pança pra cima, com o corpo todo furado, sem músculos. Arrastei ele do jeito que pude, aos puxões, me pondo de banda para as lanternas que nos iluminavam procurando nós. Disse pra ele: "Você está vivo" e ele me respondeu: "Me tira daqui, vizinho." E depois me disse: "Me acertaram." Eu tava com um braço quebrado por causa de um golpe de bala e o osso tinha saído por ali onde o cotovelo dobra. Por isso agarrei ele com a mão boa e disse "Agarra forte aqui". E ele morreu na margem, na frente das luzes de um lugar chamado Ojinaga, já do lado de cá, entre as espadanas do brejo, que continuaram a pentear o rio como se não tivesse ocorrido nada.

"Subi ele no barranco da margem e falei: 'Ainda tá vivo? E ele não me respondeu. Fiquei dando batalha pra reviver o Estanislado até que amanheceu; esfreguei ele e sovei seus pulmões pra que respirasse, mas não tornou a dar nem um pio

"O da migração chegou de tarde.

"– Ei, o que é que você tá fazendo aqui?

"– Pois estou cuidando desse defunto.

"– Foi você que matou?

"– Não, seu sargento – eu disse.

"– Eu não sou nenhum sargento. Então, quem foi?

"Como vi ele fardado e com aqueles simbolinhos, vi que era do exército, e trazia uma pistolona assim, e nem pensei duas vezes.

"Continuou me perguntando: 'Então quem foi, hein?' E ficou desse jeito, pergunta e pergunta, até que me bamboleou pelos cabelos e eu nem pus as mãos, por causa desse cotovelo arrebentado não deu nem pra eu me defender.

"Disse a ele: 'Não bata em mim, que tou machucado.'

"E só então parou de bater.

"– E o que foi que aconteceu? Diga lá – me disse.

"– Pois nos varreram de noite. A gente ia todo mundo satisfeito, assoviando pra lá e pra cá de tanto gosto que nos fazia saber que a gente estava indo pro lado de lá quando assim sem mais no meio d'água soltaram a balaceira em cima de nós. E nem pensar em parar com aquilo. Esse aí e eu fomos os únicos que conseguimos sair e ainda assim mais ou menos, porque veja só, ele já até afrouxou o corpo e tudo.

"– E quem foi que atirou nocês?

"– Pois se a gente nem viu eles. Só nos alumiaram com umas lanternas e pácata pácata pácata, ouvimos os tiros pois que de rifle, até que eu senti que viravam meu cotovelo do avesso e ouvi esse aí que me dizia: 'Me tira da água, vizinho.' Se bem que ver quem atirava não ia adiantar nada.

"– Então devem ter sido os apaches.

"– Que apaches?

"– Pois uns que chamam assim e que moram lá do outro lado.

"– Pois então do outro lado não estão os Texas?

"– Sim, mas está tudo cheio de apache, você nem tem ideia. Pois vou falar com o Ojinaga para que alguém busque o seu amigo e você que se previna para regressar para a tua terra. Você é de onde? Não tinha de ter saído de lá. Tem dinheiro aí?

"– Tirei esse bocadinho aqui do morto. Vamos ver se dá.

"– Tenho um pouco aí pros repatriados. Vou dar o da passagem; mas, se torno a ver você por aqui, vou deixar que se arrebente. Não gosto de ver a mesma cara duas vezes. Vamos lá, cai no caminho!

"E eu caí e aqui estou, pai, pra contá pro senhor."

– Pois isso é o que você ganhou por ser metido e cabeça dura. E quando chegar na sua casa, vai só ver... vai só ver o que você ganhou com essa história de ir embora.

– Aconteceu alguma coisa de ruim? Morreu algum dos meus moleques?

– Nada. Só que a sua tal Tránsito foi-se embora com um arrieiro. Você disse que ela era pra lá de boa, não é mesmo? Já os teus meninos estão aqui, dormindo. E você é bom ir logo procurando onde passar a noite, porque a sua casa eu vendi, pra pagar as minhas despesas. E você ainda sai me devendo trinta pesos do valor das escrituras.

– Tá bem, pai, não vou agora ficar de renegado. Vai ver amanhã mesmo eu acho algum trabalhinho pra pagar o que lhe devo. Mas pra que lado mesmo o senhor diz que o arrieiro foi-se com a Tránsito?

– Pois por aí. Num prestei atenção.

– Então já, já e eu volto, vou atrás dela.

– E vai pra onde?

– Pois por aí, pai, por aí por onde o senhor disse que ela se foi.

13
Lembre-se

Lembre-se de Urbano Gómez, filho de Dom Urbano, neto de Dimas, aquele que dirigia as pastorelas e que morreu recitando o "resmunga, anjo maldito" quando da época da influenza. Disso tudo já faz anos, talvez quinze. Mas você deve se lembrar dele. Lembre-se de que o chamávamos de *o Avô* por causa daquela história de seu outro filho, Fidencio Gómez, ter duas filhas muito brincalhonas: uma morena e baixinha, que de malvados chamavam de *a Arregaçada*, e a outra que era bem alta e que tinha os olhos garços e que até se dizia que não era dele e que além disso estava doente da glote. Lembre-se da confusão que se armava quando estávamos na missa e na hora exata da Elevação ela soltava seu ataque de soluços, que era como se estivesse rindo e chorando ao mesmo tempo, até que a tiravam lá para fora e davam um bocadinho de água com açúcar e então ela se acalmava. Essa acabou se casando com Lucio Pequeno, dono da fábrica de mescal que antes foi do Librado, rio acima, lá para os lados de onde fica o moinho de linhaça dos Teódulos.

Lembre-se que chamavam a mãe dele de *a Berinjela* porque andava sempre metida em algum rolo e de cada rolo saía com um filho. Dizem que ela até que teve um dinheirinho, mas que acabou com ele nos enterros, pois todos os filhos dela morriam recém-nascidos e ela sempre mandava cantar incelenças, levando-os ao cemitério entre músicas e coros de coroinhas que cantavam "hosanas" e "glórias" e aquela canção que diz "aí vos mando, Senhor, outro anjinho". Por causa disso ficou pobre, porque cada funeral saía caro, por causa das canelas doces que dava aos convidados do velório. Só viveram dois, o Urbano e a Natalia, que já nasceram pobres e que ela não viu crescer, porque morreu no último parto que teve, já mais velha, chegando aos 50 anos.

Você deve tê-la conhecido, pois era mais do que briguenta e volta e meia andava em confusão com as vendedoras na praça do mercado porque queriam cobrar muito caro pelos tomates, largava gritos e dizia que estava sendo roubada. Depois, já de pobre, era vista rondando no meio do lixo, juntando rabos de cebola, vagens de feijão velho e amassado e um ou outro bago de cana "para adoçar a boca de seus filhos". Tinha dois, conforme eu digo, que foram os únicos que vingaram. Depois já não se soube mais nada dela.

Esse Urbano Gómez era mais ou menos da nossa idade, só uns meses mais velho, muito bom para brincar de amarelinha e para as barganhas. Lembre-se que nos vendia forquilhas de bodoque e que nós comprávamos, quando o mais fácil era ir até o monte e cortá-las Vendia para nós mangas verdes que roubava da mangueira que estava no pátio da escola e laranjas com pimenta que comprava na portaria por dois centavos e depois revendia para a gente por cinco. Rifava tudo que era porcaria e meia que trazia no bolso: bolinhas de gude de ágata, piões e reco-recos e até besouros verdes, desses que a gente amarra uma linha numa pata para que não voem muito longe.

Negociava de tudo com a gente, lembre-se.

Era cunhado de Nachito Rivero, aquele que ficou menso aos poucos dias de casado e que Inês, a mulher dele, para se sustentar teve que montar uma banca de batidas de fruta na guarita da estrada, enquanto Nachito vivia tocando canções todas desafinadas em um bandolim que o pessoal da barbearia de Dom Refugio emprestava para ele.

E nós íamos com Urbano ver a irmã dele, para beber uma batida de fruta que sempre ficávamos devendo e que não pagávamos nunca, porque nunca tínhamos dinheiro. Depois até que ele ficou sem amigos, porque todos, ao vê-lo, caíamos fora achando que ele ia cobrar da gente.

Talvez tenha sido quando ele ficou mau, ou talvez já fosse de nascença.

Foi expulso da escola antes do quinto ano, porque foi encontrado com a prima dele, *a Arregaçada*, brincando de marido e mulher atrás do tanque de lavar roupa, metidos num algibe seco. Foi puxado pelas orelhas pela porta grande no meio da risarada de todo mundo, passando no meio de uma fileira de garotos e garotas para envergonhá-lo. E ele passou por lá, com a cara levantada, ameaçando todos nós com a mão e como que dizendo: "Vocês vão me pagar caro por tudo isto."

E depois ela, que saiu fazendo beicinhos e com o olhar raspando os tijolos do chão, até que já na porta deixou escapar o pranto; um gemido que ouviu-se pela tarde inteira como se fosse o uivo de um coiote.

Só mesmo se a sua memória falhar muito você não vai se lembrar disso.

Dizem que seu tio Fidencio, o do trapiche, ajeitou-lhe uma sova que por pouco não o deixa entrevado, e que ele, de vergonha, foi-se embora do povoado.

A verdade é que não tornamos a vê-lo até ele aparecer aqui de volta transformado em polícia. Sempre estava na praça da matriz, sentando num banco e com a carabina no meio das pernas e olhando todo mundo com muito ódio. Não falava com ninguém. Não cumprimentava ninguém. E se alguém olhasse para ele, se fazia de desentendido como se não conhecesse ninguém.

Foi então que ele matou o cunhado, o do bandolim. Nachito teve a ideia de fazer uma serenata para ele, já de noite, pouquinho depois das oito e quando ainda estavam tocando o badalo das Almas. Então ouviram-se gritos, e o pessoal que estava na igreja rezando o rosário saiu correndo e vieram os dois: Nachito se defendendo de pernas para cima com o bandolim, e Urbano mandando golpes com o cabo da carabina, um atrás do outro, sem ouvir o que as pessoas gritavam, raivoso feito cão danado. Até que um fulano que nem era daqui soltou-se da multidão e foi até lá e arrancou a carabina das suas mãos e bateu com ela nas costas dele, dobrando-o sobre o banco do jardim onde ficou estendido.

Deixaram que passasse a noite ali. Quando amanheceu, foi embora. Dizem que antes passou na paróquia e até pediu a bênção do senhor padre, mas que o senhor padre não o abençoou.

Foi preso no caminho. Ia coxeando, e assim que sentou-se para descansar chegaram para pegá-lo. Não resistiu. Dizem que ele mesmo amarrou a corda no próprio pescoço e que até escolheu a árvore que mais gostava para ser enforcado.

Você deve se lembrar dele, pois fomos companheiros de escola e você o conheceu tão bem quanto eu.

14
Você não escuta os cães latirem

– Você que vai aí no alto, Ignacio, me diga se não escuta algum sinal de alguma coisa ou se vê alguma luz em algum lugar.

– Não dá para ver nada.

– A gente já deve estar perto.

– Pois é, mas não dá para escutar nada.

– Olha bem.

– Não se vê nada.

– Coitado de você, Ignacio.

A sombra longa e negra dos homens continuou movendo-se de alto a baixo, subindo nas pedras, diminuindo e crescendo conforme avançava pela beira do arroio. Era uma sombra só, cambaleante.

A lua vinha saindo da terra, como uma chamarada redonda.

– A gente já deve estar chegando nesse povoado, Ignacio. Você que está com as orelhas de fora, presta atenção e vê se não escuta os cães latirem. Lembre-se de que nos disseram que Tonaya estava logo ali atrás do monte. E sei lá há quantas horas deixamos o monte para trás. Lembra-se disso, Ignacio.

– Pois é, mas não vejo rastro de nada.

– É que estou ficando cansado.

– Então me desce.

O velho foi recuando até se encostar num paredão e ficou ali, sem soltar a carga dos ombros. Embora suas pernas se dobrassem, não queria sentar, porque depois não conseguiria levantar o corpo do filho, que lá atrás, horas antes, alguém tinha ajudado a botar em suas costas. E desde aquela hora trazia o filho daquele jeito.

– Como é que você está se sentindo?

– Mal.

Falava pouco. Cada vez menos. De quando em quando parecia dormir. A cada tanto parecia sentir frio. Tremia. Sabia quando a tremedeira pegava o filho por causa das sacudidas que ele dava, e porque os pés se encaixavam em suas ilhargas como se fossem esporas. Depois as mãos do filho, que estavam travadas em seu pescoço, sacudiam sua cabeça como se fosse um chocalho.

Ele apertava os dentes para não morder a língua e, quando aquilo chegava ao fim, perguntava ao filho:

– Está doendo muito?

– Um pouco – respondia ele.

Primeiro tinha dito: "Deixa eu baixar aqui... Me deixa aqui... Continua sozinho. Eu alcanço você amanhã ou quando estiver um pouco melhor." Tinha dito isso umas cinquenta vezes. Agora não dizia nem isso.

Lá estava a lua. Na frente deles. Uma lua grande e vermelha que enchia seus olhos de luz e que esticava e escurecia ainda mais suas sombras sobre a terra.

– Não estou vendo mais por onde caminho – ele dizia.

Mas ninguém respondia.

O outro ia lá em cima, todo iluminado pela lua, com sua cara descolorida, sem sangue, refletindo uma luz opaca. E ele cá embaixo.

– Você me ouviu, Ignacio? Estou dizendo que não enxergo direito.

E o outro ficava calado.

Continuou caminhando, aos tropeços. Encolhia o corpo e depois se endireitava para tornar a tropeçar de novo.

– Isto aqui não é nenhum caminho. Nos disseram que Tonaya estava atrás do morro. Já passamos o morro. E não aparece Tonaya, nem se ouve um ruído qualquer que nos diga que está perto. Por que não quer me dizer o que está vendo, você, que está aí no alto, Ignacio?

– Quero descer, pai.

– Você está se sentindo mal?

– Estou.

– Vou levar você até Tonaya do jeito que for. Lá vou encontrar quem cuide de você. Dizem que tem um doutor. Eu vou levar você até o doutor. Trouxe você carregado faz horas e não vou deixar você jogado aqui para que sei lá quem acabe com a sua vida.

Cambaleou um pouco. Deu dois ou três passos de lado e tornou a se endireitar.

– Vou levar você até Tonaya.

– Deixa eu descer.

Sua voz se fez mais suave, apenas murmurada:

– Estou querendo me deitar um pouco.

– Pois durma aí em cima. Você está bem agarrado.

A lua ia subindo, quase azul, sobre um céu claro. A cara do velho, molhada de suor, encheu-se de luz. Escondeu os olhos para não olhar de frente, já que não podia baixar a cabeça agarrada pelas mãos de seu filho.

– Tudo isso que estou fazendo não faço por você. Faço pela sua finada mãe. Porque você foi filho dela. Por isso estou fazendo o que faço. Ela me repreenderia com certeza, se eu tivesse deixado você jogado por lá, onde o encontrei, e não tivesse recolhido você para levar até alguém que saiba curar, como estou fazendo. É ela que me dá forças, e não você. Para começar, porque a você não devo mais do que dificuldades, mortificações e vergonhas, e só.

Suava ao falar. Mas o vento da noite secava o suor. E sobre o suor seco, tornava a suar.

– Eu vou me estropiar inteiro, mas chego a Tonaya com você, para que alguém alivie essas feridas que fizeram no seu corpo. E tenho a mais pura certeza que, assim que você estiver se sentindo bem, vai voltar para o mau caminho. Mas isso já não me importa. Contanto que você vá para longe, onde eu nunca mais tenha notícias. Só isso... Porque para mim você já não é mais meu filho. Amaldiçoei o sangue que você tem de mim. A minha parte, amaldiçoei: "Que apodreça nos rins dele o sangue que eu lhe dei!" Disse isso assim que fiquei sabendo que você andava traficando pelos caminhos, vivendo do roubo e matando gente... E gente boa. Senão, aí estava o meu compadre Tranquilino. Foi ele que batizou você. Foi ele que deu o seu nome. E também ele teve a má sorte de encontrar você. Naquele momento, eu disse: "Este não pode ser meu filho."

"Olhe bem para ver se dá para enxergar alguma coisa. Ou escutar alguma coisa. Daí do alto você consegue, porque eu estou que nem surdo."

Não estou vendo nada.

Pior para você, Ignacio.

– Estou com sede.

– Pois aguenta! A gente já deve estar perto. Acontece que é de noitão e devem ter apagado a luz no povoado. Mas você devia pelo menos escutar se os cães estão latindo. Faça um esforço para ouvir.

– Quero água.

– Aqui não tem água. Aqui só tem pedras. Aguenta. E mesmo que tivesse água, eu não desceria você. Ninguém me ajudaria a subir você de novo, e sozinho eu não consigo.

– Estou com muita sede e com muito sono.

– Eu lembro de quando você nasceu. Você era desse jeito. Acordava com fome e comia só para tornar a dormir. E sua mãe dava água para você, porque o leite dela já tinha acabado. Você era um saco sem fundo. E muito raivoso. Eu nunca pensei que com o tempo aquela raiva toda ia subir para a sua cabeça... Mas subiu. Sua mãe, que em paz descanse, queria que você ficasse forte. Achava que depois de grande você ia ser o amparo dela. Só teve você. O outro filho que ia ter acabou matando ela. E você decerto a mataria outra vez se ela estivesse viva a esta altura.

Sentiu que aquele homem que levava em cima dos ombros deixou de apertar os joelhos e começou a soltar os pés, balançando-os de um lado para outro. E achou que a cabeça, lá em cima, se sacudia como se soluçasse.

Sobre seu cabelo sentiu que caíam gotas grossas, como lágrimas.

– Você está chorando, Ignacio? A lembrança de sua mãe faz você chorar, não é verdade? Mas você nunca fez nada por ela. Sempre nos pagou com a pior moeda. Parece que, em vez de carinho, nós tivéssemos chumbado seu corpo de maldade. E está vendo só? Agora, feriram você. O que aconteceu com os seus amigos? Mataram todos. Mas eles não tinham ninguém. Eles bem que poderiam ter dito: "Não temos ninguém para deixar para trás com pena de nós." Mas você, Ignacio?

O POVOADO JÁ estava ali. Viu brilhar os telhados debaixo da luz da lua. Teve a impressão de que o peso de seu filho o esmagava, ao sentir que seus joelhos se dobravam no último esforço. Ao chegar ao primeiro telheiro, se recostou sobre o meio-fio da calçada e soltou o corpo, frouxo, como se tivesse sido desconjuntado.

Destravou com dificuldade os dedos com os quais seu filho vinha agarrado ao seu pescoço e, ao se livrar, ouviu como por todos os lados os cães latiam.

– E você não escutava, Ignacio? – disse. – Nem com essa esperança você me ajudou.

15
O dia do desmoronamento

– Isso aconteceu em setembro. Não em setembro deste ano, mas no do ano passado. Ou foi do antepassado, Melitón?

– Não, foi no passado.

– Sim, sim, então eu lembrava direito. Foi em setembro do ano passado, lá pelo dia vinte e um. Escute aqui, Melitón, não foi nesse mesmo vinte e um de setembro o dia do terremoto?

– Foi um pouco antes. Acho que lá pelo dia dezoito.

– Você tem razão. Naqueles dias eu andava lá por Tuxcacuexco. Deu para ver quando as casas derretiam como se tivessem sido feitas de caramelo, se retorciam assim desse jeito, fazendo careta, e as paredes inteiras desabavam no chão. E as pessoas saíam dos escombros todas apavoradas, correndo direto para a igreja, aos berros. Mas espera aí: escuta só, Melitón, eu acho que em Tuxcacuexco não tem nenhuma igreja. Você lembra?

– Tem não. Lá sobraram só umas paredes carcomidas que dizem que foi a igreja há uns duzentos anos; mas ninguém se lembra dela, nem de como ela era; parece mais um curral abandonado coberto de coqueiro-anão.

– Está certo. Então se não foi em Tuxcacuexco que o terremoto me pegou, deve ter sido no El Pochote. Mas o El Pochote é um rancho, não é?

– É, mas tem uma capelinha que o pessoal de lá chama de igreja, e está um pouco além da fazenda Los Alcatraces.

– Então, sem mais nem menos, foi lá mesmo que esse terremoto que estou dizendo me pegou, quando a terra se bandeava inteirinha como se estivessem remexendo nela por dentro. Bem, poucos dias depois; porque me lembro que estávamos ainda escorando as paredes, chegou o governador; vinha ver que ajuda poderia dar com a sua presença. Vocês todos sabem que sempre que o governador chega, é só o pessoal ver que ele está ali, para que tudo se arranje num momento. A questão é fazer com que ele pelo menos venha ver o que acontece, e não que fique por lá, metido na sua casa, só dando ordens. Vindo, tudo se arranja, e o pessoal, mesmo que a casa tenha desmoronado em suas cabeças, fica todo contente só de conhecê-lo. É ou não é, Melitón?

– Sem tirar nem pôr.

– Bem, como eu ia dizendo, em setembro do ano passado, pouco depois dos terremotos, apareceu aqui o governador para ver como a tremedeira tinha nos tratado. Trazia geólogo e gente conhecedora, não pensem que vinha sozinho. Escuta, Melitón, quanto dinheiro a gente acabou gastando para dar de comer aos acompanhantes do governador?

– Acho que uns quatro mil pesos mais ou menos.

– E isso que só ficaram um dia e assim que virou noite foram embora, senão sabe lá até que altura teríamos sido desfalcados, embora, isso sim, ficamos muito contentes: o pessoal estava a ponto de arrebentar o pescoço de tanto se esticar para poder ver o governador e fazendo comentários sobre como ele tinha comido o peru e que havia até chupado os ossos e como era rápido para traçar uma tortilha atrás da outra espalhando molho de abacate picante em cima delas; todo mundo reparou em tudo. E ele todo tranquilo, todo sério, limpando as mãos nas meias para não sujar o guardanapo que só serviu mesmo para que ele ajeitasse os bigodes de quando em quando. E depois, quando o ponche de romã lhes subiu à cabeça, começaram todos a cantar em coro. Escuta, Melitón, qual foi mesmo aquela canção que ficaram repetindo e repetindo que nem disco rachado?

– Foi uma que dizia: "Da alma você não conhece as horas de luto."

– Você, sim, que é bom para essas coisas da memória, Melitón, que ninguém duvide. Pois é, foi essa mesmo. E o governador só dava risada; quis saber onde ficava o banheiro. Depois sentou-se de novo em seu lugar, cheirou os cravos que estavam em cima da mesa. Olhava para os que cantavam, e mexia a cabeça, marcando o ritmo e sorrindo. Não tem dúvida que sentia-se feliz, porque seu povo era feliz, dava até para adivinhar seu pensamento. E na hora dos discursos um de seus acompanhantes levantou-se, aquele que tinha a cara erguida, um pouco bandeada para a esquerda. E falou. E não há dúvidas de que tinha tudo preparado. Falou de Juárez, que nós tínhamos erguido na praça e só então soubemos que era a estátua de Juárez, pois ninguém jamais tinha conseguido dizer quem era aquele indivíduo que estava em cima daquele monumento. Sempre achamos que pudesse ser Hidalgo ou Morelos ou Venustiano Carranza, porque em todo aniversário de qualquer um deles era ali que fazíamos as nossas homenagens. Até aquele janotinha chegar e nos dizer que se tratava de Dom Benito Juárez. E as coisas que ele disse! Não é, Melitón? Você, que tem uma memória tão boa, haverá de recordar direito o que aquele fulano recitou.

– Pois lembro muito bem; mas já repeti tantas vezes que acaba cansando.

– Bem, não precisa. Só que estes senhores vão perder uma coisa boa. Você fala melhor do que falou o governador.

"A questão é que aquilo, em vez de ser uma visita aos enlutados e a quem tinha perdido suas casas, converteu-se numa bebedeira das boas. E nem se fale quando entrou na aldeia a música de Tepec, que chegou atrasada porque todos os caminhões tinham sido ocupados em arrebanhar o pessoal do governador e os músicos tiveram que vir a pé; mas chegaram. Entraram dando duro na harpa e nos bumbos, fazendo tatachum, chum, chum, com os pratos, tocando forte e com vontade no "Urubu molhado". Só vendo, até o governador tirou o paletó e afrouxou a gravata, e a coisa foi em frente. Trouxeram mais garrafões de ponche e se apressaram em assar mais carne de veado, que por aqui tem de sobra. Nós ríamos quando diziam que o churrasco estava pra lá de bom, é ou não é, Melitón?, pois por aqui a gente nem sabe o que é churrasco. A verdade é que mal servíamos um prato e já queriam outro e não tinha jeito, afinal estávamos ali justamente para servi-los; porque, como disse Libório, o coletor de impostos, que a propósito sempre foi muito tacanho, 'não importa que esta recepção custe o que custar, afinal o dinheiro deve servir para alguma coisa' e depois você, Melitón, que naquele tempo era presidente municipal, e eu mesmo custei a reconhecer você quando disse: 'Deixa o ponche correr, que uma visita destas merece.' E pois é, o ponche correu, esta é que é a verdade; até as toalhas estavam vermelhas. E aquele pessoal parecia saco sem fundo. Só prestei atenção em que o governador não se movia de seu lugar; que nem estendia a mão, só comia e bebia o que levavam para perto dele; mas aquele bando de comilões dava a vida para que a mesa dele estivesse tão lotada que não cabia nem o saleiro que ele segurava e que quando não usava metia no bolso da camisa. Eu mesmo cheguei até ele para dizer: 'Não gosta de sal, general?', e ele, rindo, me mostrou o saleiro que tinha no bolso da camisa, e foi então que percebi.

"Bom mesmo foi quando ele começou a falar. Deixou todos nós com o cabelo arrepiado de pura emoção. Foi se endireitando devagar, muito devagar, até que vimos como ele empurrava a cadeira para trás com o pé; pôs as mãos na mesa; agachou a cabeça como se fosse levantar voo e depois veio a tosse, que nos deixou em silêncio. O que foi mesmo que ele disse, Melitón?"

– "Concidadãos", disse. "Rememorando minha trajetória, vivificando o único proceder das minhas promessas. Diante desta terra que visitei como anônimo companheiro de um candidato à Presidência, cooperador onímodo de um homem representativo, cuja honradez não esteve jamais desligada do contexto de suas manifestações políticas e que sim é firme glosa de princípios democráticos no supremo vínculo de união com o povo, aunando à austeridade da qual deu mostras a síntese evidente de idealismo revolucionário nunca até agora pleno de realizações e de certezas."

– Nesse ponto houve aplausos, não foi, Melitón?

– Sim, muitos aplausos. E depois, ele continuou:

"'Meu traço é o mesmo, concidadãos. Fui parco em promessas quando candidato, optando por prometer o que unicamente poderia cumprir e que, ao cristalizar, se traduzisse em benefício coletivo e não em subjuntivo, nem particípio de uma família genérica de cidadãos. Hoje estamos aqui presentes, neste caso paradoxal da natureza, não previsto dentro do meu programa de governo...'

"'Exatamente, general, exatamente!', – gritou alguém de lá. – 'Exatamente! O senhor falou e disse!'

"'... Neste caso, digo, quando a natureza nos castigou, nossa presença receptiva no centro do epicentro telúrico que devastou lares que podiam ser os nossos, que são os nossos, comparecemos com o auxílio, não com o desejo neroniano de desfrutarmos da desgraça alheia, e mais ainda, iminentemente dispostos a utilizar munificentemente nosso esforço na reconstrução dos lares destruídos, irmamente dispostos no consolo dos lares menoscabados pela morte. Este lugar que eu mesmo visitei faz alguns anos, longínquo então a toda ambição de poder, antanho feliz, agora enlutado, me dói. Pois sim, concidadãos, me laceram as feridas dos vivos por causa de seus bens perdidos e a clamante dor dos seres pelos seus mortos insepultos debaixo desses escombros que estamos presenciando.'"

– Aí também teve aplausos, não é mesmo, Melitón?

– Não, aí tornamos a ouvir o grito de antes: "Exatamente, senhor governador! O senhor falou e disse." E em seguida alguém, mais de perto, disse: "Façam esse bêbado calar a boca!"

– Ah, sim. E até parecia que ia ter algum tumulto na fila da mesa, mas todos se apaziguaram quando o governador falou de novo.

– "Tuxcacuenses, torno a insistir: Dói em mim vossa desgraça, pois apesar do que dizia Bernal, o grande Bernal Díaz del Castillo: 'Os homens que morreram tinham sido contratados para a morte!', eu, nos considerandos de meu conceito ontológico e humano, digo: Dói em mim a dor que produz ver arruinada a árvore em sua primeira floração. Ajudar-vos-emos com nosso poder. As forças vivas do Estado, a partir de seu faldistório, clamam por socorrer os danificados desta hecatombe nunca precedida nem desejada. Minha regência não terminará sem haver cumprido convosco. Por outro lado, não creio que a vontade de Deus haja sido a de causar-vos detrimento, de desalojá-vos..."

"E parou por aí. O que disse depois não decorei porque o bulício que se soltou nas mesas de trás cresceu e se tornou mais que difícil conseguir seguir o que ele continuou dizendo."

– É verdade, Melitón. Aquilo lá ficou de um jeito que só vendo. E com isso, digo tudo. É que aquele mesmo sujeito da comitiva se pôs a gritar outra vez: "Exatamente!, exatamente!", dando uns berros que se ouviam lá na rua. E quando quiseram fazer com que ele se calasse, sacou de uma pistola e começou a dar voltas com ela por cima da cabeça, enquanto descarregava contra o teto. E o pessoal que estava lá só espiando desandou a correr na hora dos tiros. E o pessoal derrubou mesas no empurra-empurra e ouviu-se uma quebradeira de pratos e de vidros e das garrafas que jogavam contra o fulano da pistola para que se acalmasse, e que iam parar na parede. E o outro ainda teve tempo de meter mais balas na arma e descarregar tudo de novo, enquanto zanzava de cá para lá escafedendo-se das garrafas voadoras que eram atiradas de todos os lados.

"Vocês precisavam ver o governador ali de pé, muito sério, com a cara franzida, olhando para onde acontecia o tumulto como se quisesse acalmar tudo só com seu olhar.

"Alguém foi dizer aos músicos que tocassem alguma coisa, mas a verdade é que se largaram tocando o Hino Nacional com toda força, as bochechas do sujeito do trombone quase arrebentavam de tanto ímpeto, mas tudo continuou na mesma. E acontece que lá fora, no meio da rua, também tinha se desatado uma briga. Foram avisar ao governador que lá fora tinha gente se pegando na base do facão; e, olhando bem, era verdade, porque até aqui dentro dava para ouvir as vozes das mulheres que diziam: 'Separem eles, que vão se matar!' E logo depois, outro grito que dizia: 'Já mataram meu marido! Agarrem ele!'

"E o governador nem se mexia, continuava de pé. Escute, Melitón, como é mesmo aquela palavra que se diz..."

– Impávido.

– Isso mesmo, impávido. Bem, com o sururu lá de fora, a coisa aqui dentro pareceu ficar mais calma. O bebadinho do "exatamente" estava dormindo; tinham atirado uma garrafada nele, que ficou todo estabacado no chão. O governador então chegou perto daquele fulano e tirou a pistola que ainda estava agarrada numa de suas mãos apertadas pelo desmaio. Deu a pistola a outro sujeito e disse: "Tome conta dele e se certifique que ele fique desautorizado a portar armas." E o outro respondeu: "Sim, senhor, meu general."

"A música, não sei por que, continuou e dá-lhe com o Hino Nacional, até que o janotinha que tinha falado no começo ergueu os braços e pediu silêncio pelas vítimas. Escute, Melitón, por quais das vítimas ele pediu que silenciássemos?"

– Pelas do epifoco.

– Bem, pois foi por essas. Depois todos se sentaram, ajeitaram as mesas outra vez e continuaram bebendo ponche e cantando aquela canção das "horas de luto".

"Agora mesmo estou lembrando que sim, o alvoroço aconteceu lá pelo dia 21 de setembro: porque nesse dia minha mulher teve nosso filho Merencio, e eu cheguei já bem tarde da noite em casa, mais bêbado que são. E ela ficou sem falar comigo semanas, dizendo que eu a tinha deixado sozinha em seu compromisso. E quando se contentou me disse que eu não tinha servido nem para chamar a parteira e que ela teve que se arrumar do jeito que Deus mandou."

16
A herança de Matilde Arcángel

Em Corazón de María viviam, não faz muito tempo, um pai e um filho conhecidos como os Euremites; vai ver porque os dois se chamavam Euremio. Um, Euremio Cedillo; o outro, Euremio Cedillo também, embora não desse nenhum trabalho diferenciá-los, já que um levava diante do outro uma vantagem de 25 anos bem curtidos.

O curtido estava na altura e na parrudez com que a benevolência de Deus Nosso Senhor tinha dotado o Euremio maior. Em compensação, tinha feito o pequeno todo arrevesado, diz-se que até no entendimento. E como se fosse pouco estar travado de tão magro, vivia, se é que ainda vive, esmagado pelo ódio como se fosse uma pedra; e, verdade seja dita, sua desventura foi ter nascido.

Quem menos gostava dele era o pai, aliás meu compadre; porque eu batizei o menino. E para fazer o que fazia se escorava na estatura. Era um homão grande assim, que até dava medo ficar ao seu lado e calcular sua força, ainda que fosse só com os olhos. Ao olhar para ele a gente sentia como se ele tivesse sido feito de má vontade ou só com as sobras. Foi, em Corazón de María e nos arredores, o único caso de um homem que crescesse tanto para o alto, sendo que os daquelas bandas costumam crescer de lado e sair baixinhos;

dizem até que foi ali que surgiram os nanicos; e nanico é o pessoal de lá, e inclusive em sua condição. Tomara que nenhum dos presentes se ofenda se for por acaso de lá, mas eu continuo firme no que penso.

E voltando para o ponto em que estávamos, eu começava a dizer de uns sujeitos que faz tempo viveram em Corazón de María. O Euremio maior tinha um rancho apelidado de As Almas, decaído por causa de muitos transtornos, embora o maior deles fosse o descuido. E é que ele jamais quis deixar aquela herança para o filho que, como eu já lhes contei, era meu afilhado. Bebeu tudo em goles de "bingarrote", uma cachaça bravíssima que conseguia vendendo um pedaço do rancho atrás do outro, e com a única intenção de que o rapaz, quando crescesse, não encontrasse aonde se agarrar para viver. E quase conseguiu. O filho mal se ergueu um pouco sobre a terra, transformado numa pena só, e mais do que nada devido a uns quantos compadecidos que o ajudaram a se endireitar; porque o pai não cuidou nada dele, e aliás até parecia que seu sangue se coalhava só de olhar para ele.

Mas para entender tudo isso é preciso ir mais para trás. Muito mais para trás do que quando o menino nasceu, e talvez antes até de que Euremio conhecesse aquela que ia ser a mãe dele.

A mãe se chamava Matilde Arcángel. A propósito, ela não era de Corazón de María, mas de um lugar mais para o alto que se chama Chupaderos, onde o tal Cedillo nunca chegou a ir, e que se conheceu foi só de ouvir falar. Naquele tempo ela estava comprometida comigo; mas a gente nunca sabe o que tem nas mãos, e por isso, quando fui apresentá-lo à moça, um pouco para exibi-la e outro pouco para que ele concordasse em apadrinhar o nosso casamento, não imaginei que ela esgotasse de repente o sentimento que dizia ter por mim, nem que seus suspiros começassem a esfriar, e que já tivesse agenciado seu coração para outro. Soube mais tarde.

No entanto antes será preciso dizer quem e que coisa era essa Matilde Arcángel. E lá vou eu. Vou contar a vocês tudo isso e sem pressa. Devagarinho. Afinal, temos a vida inteira pela frente.

Ela era filha de uma tal de dona Sinesia, dona da pensão de Chupaderos; um lugar, como se diz por aí, caído no crepúsculo, lá onde a jornada termina. Assim que tudo que era arrieiro que recorria esses rumos acabou ficando sabendo dela e pôde agradar os olhos admirando Matilde. Porque naqueles tempos, antes que desaparecesse, Matilde era uma mocinha que se infiltrava feito água no meio de todos nós.

Mas no dia menos esperado, e sem que a gente percebesse de qual maneira, ela se transformou em mulher. Brotou nela um olhar de semissonho que cavoucava pregando-se dentro da gente como um prego que dá muito trabalho despregar. E depois sua boca explodiu, como se tivesse sido deflorada a beijos. Ficou bem bonita a moça, a cada um sua justiça seja feita.

É verdade que eu não estava merecendo. Vocês sabem, eu só sou um arrieiro. De puro prazer. De conversar comigo mesmo, enquanto ando pelos caminhos.

Mas os caminhos dela eram mais longos que todos os caminhos que eu tinha andado na vida e cheguei a achar que jamais acabaria de amá-la.

Seja como for, Euremio se apropriou dela.

Ao voltar de um de meus caminhos, fiquei sabendo que ela já estava casada com o dono de As Almas. Achei que ela tinha sido arrastada pela cobiça ou talvez pelo tamanhão do homem. Explicações nunca me faltaram. Mas o que me doeu aqui no estômago, que é onde as penas doem mais, foi que ela tivesse se esquecido deste punhado de pobres-diabos que íamos vê-la e que nos abrigávamos no calor de seus olhares. Principalmente de mim, Tranquilino Herrera, às suas ordens, e com quem ela se comprometeu de abraço e beijo e todas essas coisas. Ainda que, olhando bem, em condições de fome qualquer animal sai do curral; e ela não estava lá muito bem alimentada; em parte porque às vezes éramos tantos que as porções não davam, em parte porque estava sempre disposta a tirar da boca o bocado para que nós comêssemos.

Depois engravidou. Teve um filho. E depois morreu. Foi morta por um cavalo desembestado.

Estávamos voltando depois de batizarmos a criança. Ela trazia o menino em seus braços. Eu não conseguiria contar-lhes os detalhes de por que e como o cavalo desembestou, porque eu vinha caminhando na frente. Só recordo que era um animal rosilho. Passou ao lado da gente que nem uma nuvem cinzenta, e mais que cavalo foi o vento do cavalo que conseguimos ver; solitário, quase afundado na terra. Matilde Arcángel tinha ficado para trás, plantada não muito longe e com a cara metida num charco d'água. Aquela carinha que tantos amaram tanto, agora quase afundada, como se estivesse enxugando o sangue que brotava feito manancial de seu corpo ainda palpitante.

Mas já não era mais nossa. Era propriedade de Euremio Cedillo, o único que a tinha tratado como sendo dele. E como era graciosa, a Matilde! E mais que tratado, ele tinha se metido dentro dela muito além das margens da carne, até a distância de fazer-lhe nascer um filho. Portanto, para mim, naquele tempo, já não sobrava dela nada além da sombra, ou talvez um fiapo de lembrança.

Eu, porém, não me resignei a não vê-la. Aceitei batizar o menino, só para continuar perto dela, nem que fosse apenas na condição de compadre.

Por isso é que continuo sentindo passar por mim esse vento, que apagou a chama de sua vida, como se estivesse soprando neste instante; como se continuasse soprando contra mim.

Coube a mim a tarefa de fechar seus olhos cheios d'água; e ajeitar sua boca torcida pela angústia: aquela ânsia que entrou nela e certamente foi crescendo durante a corrida do cavalo, até o final, quando sentiu que caía. Já contei a vocês que a encontramos emborcada em cima do filho. Sua carne já estava começando a secar, convertendo-se em casca por causa de todo o suco que tinha saído dela durante o tempo inteiro que a desgraça durou. Tinha o olhar aberto, posto no menino. Já disse a vocês que estava empapada d'água. Não de lágrimas, e sim da água porca do charco lodoso onde sua cara caiu. E parecia ter morrido contente de não ter esmagado o filho na queda, pois a alegria transluzia em seus olhos. Conforme eu disse a vocês antes, coube a mim a tarefa de fechar aquele olhar ainda acariciante, como quando estava viva.

Nós a enterramos. Aquela boca, aonde era tão difícil de se chegar, foi-se enchendo de terra. Vimos como ela inteira desaparecia nas funduras da cova, até não tornarmos a ver sua forma. E ali, parado feito poste, Euremio Cedillo. E eu pensando: "Se a tivesse deixado tranquila em Chupaderos, talvez ainda estivesse viva."

"Ainda estaria viva", ele começou a dizer, "se o menino não fosse culpado." E contava que o menino resolveu dar um berro feito coruja, e o cavalo em que estavam era muito assustadiço. Ele bem que avisou a mãe do menino, para convencê-la a não deixar o garoto berrar. E também dizia que ela podia ter se defendido ao cair; mas fez o contrário: "curvou-se num arco, deixando um espaço para que o menino não fosse esmagado. E assim, contando umas e outras, todas as culpas eram do menino. Dá uns berros que assustam qualquer um. E eu é que não quero saber dele. Que para mim não serve para nada. A outra bem que podia ter me dado outros e todos os filhos que eu quisesse; mas este aqui nem me deixou saboreá-la." E assim se soltava dizendo coisas e mais coisas, de maneira que eu já não sabia se era pena ou raiva o que ele sentia pela morta.

O que sim, ficou-se sabendo sempre, foi do ódio que ele tinha contra o filho.

E era disso que eu estava falando com vocês desde o começo. Euremio descambou para a bebida. Começou a trocar pedaços de suas terras por garrafas de "bingarrote". Depois, comprava até barris. Uma vez precisei comboiar uma réstia inteira de barris de "bingarrote" mandadas a Euremio. Que nisso empregou todo seu esforço: nisso, e em surrar meu afilhado, até cansar o braço.

Naquela altura já tinham se passado muitos anos. O Euremio menor cresceu apesar de tudo, apoiado na piedade de umas quantas almas; quase que com o mesmo fôlego que trouxe ao nascer. Todos os dias amanhecia sufocado pelo pai que o considerava um covarde e um assassino, e se não quis matá-lo, pelo menos procurou fazer com que morresse de fome para ver se esquecia a sua existência. Mas ele viveu. Em troca, era o pai que decaía com o passo do tempo. E vocês e eu e todo mundo sabemos que o tempo é mais pesado que a mais pesada carga que o homem consegue aguentar. Assim, e embora tenha continuado mantendo seus rancores, o ódio foi mermando, até transformar aquelas duas vidas em uma solidão viva.

Eu pouco os procurava. Soube, porque alguém me contou, que meu afilhado tocava flauta enquanto seu pai dormia a bebedeira. Não se falavam nem se olhavam; mas mesmo depois do anoitecer ouvia-se em Corazón de María inteira a música da flauta; e às vezes continuava-se a ouvir muito além da meia-noite.

Bom, para não alongar muito o assunto, um dia quieto, desses que sobram nesses povoados, uns rebeldes chegaram a Corazón de María. Quase não fizeram nenhum ruído, porque as ruas estavam cobertas de capim; assim, seu passo foi em silêncio, embora todos viessem montados em cavalos. Dizem que aquilo estava tão calmo e que eles atravessaram a cidade tão sem armar alvoroço, que ouvia-se o grito do mergulhão e o canto dos grilos; e que mais do que eles, o que se ouvia era a musiquinha de uma flauta que grudou neles quando passaram na frente da casa dos Eremites, e foi-se afastando, indo embora, até desaparecer.

Sabe-se lá que tipo de rebeldes seriam aqueles e o que andariam fazendo. A verdade, e isso também me contaram, é que poucos dias depois passaram, também sem se deter, tropas do governo. E que nessa ocasião Euremio, o velho, que naquela altura já estava um tanto alquebrado, pediu a eles que o levassem junto. Parece que contou que tinha umas contas para acertar com um daqueles bandidos que eles estavam perseguindo. E sim, concordaram. Saiu de casa a cavalo e com o rifle na mão, galopando para alcançar as tropas. Era alto, conforme eu disse antes, e mais que um homem parecia uma bandeirola por causa da cabeleira desgrenhada no vento, pois ele nem se preocupou em buscar um chapéu.

E durante alguns dias ninguém ficou sabendo de nada. Tudo continuou igual de tão tranquilo. Foi quando cheguei.

Vinha "lá de baixo", onde também não se rumorejava nada. Até que de repente começou a chegar gente. "Roceiros", vocês sabem: uns sujeitos que passam parte de sua vida escondidos nas ladeiras das montanhas, e que quando descem para as cidades é à procura de alguma coisa ou porque alguma coisa os preocupa. Agora, o que tinha feito eles descerem era o medo. Chegaram dizendo que lá nas montanhas estava havendo luta fazia vários dias. E que de lá vinha gente quase de arribação.

A tarde passou sem ver passar ninguém. Chegou a noite. Alguns de nós pensamos que talvez tivessem agarrado outro rumo. Esperamos atrás das portas fechadas. Deram as 9 e as 10 no relógio da igreja. E quase com o badalar das horas ouviu-se o mugido de um corno. Depois o trote de cavalos. Então eu me esgueirei para ver quem eram eles. E vi um montão de esfarrapados montados em cavalos magros; uns gotejando sangue e outros certamente adormecidos porque cabeceavam. Passaram de largo.

Quando já parecia que tinha acabado o desfile de figuras escuras que não se distinguiam da noite, começou-se a ouvir, primeiro fraquinha e depois mais clara, a música de uma flauta. E pouco depois, vi chegar meu afilhado Euremio montado no cavalo de meu compadre Euremio Cedillo. Vinha montado nas ancas, com a mão esquerda dando duro na flauta, enquanto a direita segurava, atravessado sobre a sela, o corpo de seu pai morto.

17
Anacleto Morones

Velhas, filhas do demônio! Vi quando chegavam todas juntas, em procissão. Vestidas de negro, suando como mulas no meio do raio de sol. Vi-as de longe como se fosse uma récua levantando poeira. Suas caras já cinzentas de poeira. Negras, todas elas. Vinham pelo caminho de Amula, cantando entre rezas, entre o calor, com seus escapulários negros e grandões e imundos sobre os quais caíam em gotonas o suor de suas caras.

Eu as vi chegando e me escondi. Sabia o que elas andavam fazendo e quem procuravam. Por isso me apressei a me esconder nos fundos do curral, correndo com as calças nas mãos.

Mas elas entraram e deram comigo. Disseram: "Ave Maria Puríssima!"

Eu estava acocorado numa pedra, sem fazer nada, só sentado ali com as calças caídas, para que elas me vissem daquele jeito e não chegassem perto. Mas só disseram: "Ave Maria Puríssima!" E foram se aproximando mais.

Velhas descaradas! Deveriam ter vergonha! Persignaram-se e se aproximaram até chegar ao meu lado, todas juntas, apertadas como num maço, jorrando suor e com os cabelos untados na cara como se tivesse chovido nelas.

– Viemos ver você, Lucas Lucatero. Viemos lá de Amula, só para ver você. Pertinho daqui nos disseram que você estava em casa; mas não imaginamos que você estava tão assim, lá dentro; não neste lugar, nem nesses afazeres. Achamos que você tinha entrado para dar de comer às galinhas, por isso entramos. Viemos ver você.

Essas velhas! Velhas e feias feito chaga purulenta de burro!

– Pois digam logo o que querem! – disse a elas, enquanto ajeitava as calças e elas tapavam os olhos para não ver.

– Temos uma encomenda. Procuramos você em São Santiago e em Santa Inês, mas nos informaram que você não morava mais lá, que tinha se mudado para este rancho. E aqui estamos. Somos de Amula.

Eu já sabia de onde eram e quem eram; podia até ter recitado seus nomes, mas me fiz de desentendido.

– Pois sim, Lucas Lucatero, enfim encontramos você, graças a Deus.

Convidei-as a passar ao corredor e busquei umas cadeiras para que se sentassem. Perguntei se estavam com fome ou se não queriam nem que fosse um jarro de água para refrescar a língua.

Elas sentaram, secando o suor com seus escapulários.

– Não, obrigada – disseram. – Não viemos para incomodar. Temos uma encomenda. Você me conhece, não é, Lucas Lucatero? – me perguntou uma delas.

– Acho que vi você em algum lugar – disse eu. – Você não é, por acaso, Pancha Fregoso, a que se deixou roubar por Homobono Ramos?

– Sou eu, sim, mas ninguém me roubou. Isso foi pura maledicência. Nós dois nos perdemos procurando gabirobas. Sou Congregada e não teria permitido, de jeito nenhum...

– O que, Pancha?

– Ah!, como você é mal pensado, Lucas. Até hoje não perdeu a mania de andar incriminando gente. Mas, já que você me conhece, quero tomar a palavra para comunicar o que viemos fazer.

– Não querem mesmo um jarro d'água? – tornei a perguntar.

– Não se preocupe. Mas já que insiste tanto, não vamos fazer desfeita.

Trouxe para elas uma jarra de água de goiaba, e elas beberam. Depois trouxe outra e tornaram a beber. Então trouxe um cântaro com água do rio. Deixaram o cântaro ali, à espera, para daqui a pouco, porque, segundo elas, iam ficar com muita sede quando começassem a fazer a digestão.

Dez mulheres, sentadas em fila, com seus vestidos negros emporcalhados de terra. As filhas de Ponciano, de Emiliano, de Crescenciano, de Toribio da taverna e de Anastasio barbeiro.

Velhas dos demônios! Nem uma só passável. Todas caídas pela tabela dos 50. Murchas feito damas-da-noite enrugadas e secas. Não tinha nem de onde escolher.

– E o que procuram por aqui?

– Viemos ver você.

– Já me viram. Estou bem. Não se preocupem comigo.

– Você veio parar muito longe. Neste lugar escondido. Sem domicílio e sem ter quem dê com o seu paradeiro. Foi muito trabalho até dar com você aqui, e isso depois de muito perguntar.

– Eu não me escondo. Vivo aqui do meu jeito, sem a moedeira das pessoas. E qual a missão que as traz aqui, se é que se pode saber? – perguntei.

– Pois se trata do seguinte... Mas não se preocupe em nos dar de comer. Já comemos na casa *da Torcacita*. Deram de comer para nós todas. Assim, pare de zanzar de lá pra cá. Sente-se aqui na nossa frente para a gente ver você e para que você ouça a gente.

Eu não conseguia ficar em paz. Queria ir ao curral outra vez. Ouvia o cacarejar das galinhas e me dava vontade de ir buscar os ovos antes que os coelhos comessem.

– Vou buscar ovos – disse a elas.

– Já comemos, de verdade. Não se preocupe com a gente.

– É que tenho lá dois coelhos soltos que comem os ovos. Num instantinho estou de volta.

E fui para o curral.

Tinha pensado em não voltar. Sair pela porta que dava para o morro e deixar aquele bando de bruxas velhas plantado ali.

Dei uma olhadinha no montão de pedras que estava encostado numa quina e vi a figura de uma sepultura. Então desandei a esparramá-las, atirando-as por todo lado, fazendo um regueiro aqui e outro acolá. Eram pedras de rio, abolotadas, e dava para jogá-las longe. Velhas de mil judas! Tinham me botado para trabalhar. Não sei o que deu nelas para quererem vir.

Abandonei a tarefa e regressei.

Dei os ovos de presente para elas.

– Você matou os coelhos? Vimos quando jogava pedras neles. Guardaremos os ovos para daqui a pouco. Você não devia ter se preocupado.

– Aí, no meio dos seios, eles podem chocar, é melhor deixá-los longe.

– Ai, como você é, Lucas Lucatero! Não perde essa mania de ser falador. Pois nem se a gente estivesse ardendo...

– Sei lá como é que vocês estão. Mas está fazendo um calorão aqui fora.

O que eu queria mesmo era espichar a conversa mole. Levar as mulheres por outros rumos, enquanto procurava um jeito de botá-las para fora de casa e sem vontade de voltar. Mas não me vinha nenhuma ideia.

Sabia que andavam me procurando desde janeiro, assim que se soube da desaparição de Anacleto Morones. Não faltou quem me avisasse que as velhas da Congregação de Amula andavam atrás de mim. Eram as únicas que podiam ter algum interesse em Anacleto Morones. E agora, ali estavam elas.

Podia continuar jogando conversa fora ou engabelando-as de alguma forma até que a noite chegasse e elas tivessem que ir embora. Não correriam o risco de passar a noite na minha casa.

Porque houve um momento em que se tratou da questão: quando a filha de Ponciano disse que queriam liquidar logo seu assunto para voltar cedo para Amula. Foi quando eu as fiz ver que não se preocupassem com isso, porque nem que fosse no chão havia ali esteiras de sobra para todas. Todas disseram que isso sim que não, porque o que as pessoas iriam dizer quando ficassem sabendo que passaram a noite sozinhas na minha casa e comigo lá dentro? Isso sim que não.

A questão, pois, estava em esticar a conversa, até que a noite caísse, tirando da cabeça delas a ideia que bulia lá dentro.

Perguntei a uma delas:

– E o seu marido, o que diz?

– Eu não tenho marido, Lucas. Você não se lembra que fui sua noiva? Esperei e esperei por você e por você fiquei esperando. Depois fiquei sabendo que você tinha casado. Naquela altura, ninguém mais me queria.

– E eu? O que aconteceu foi que outros assuntos passaram na frente e me mantiveram ocupado; mas ainda é tempo.

– Mas se você é casado, Lucas, e nada menos que com a filha do Santo Menino! Para que ficar me alvoroçando de novo? Eu até já esqueci você.

– Mas eu, não. Como foi mesmo que você disse que se chamava?

– Neves... Continuo me chamando Neves. Neves García. E não me faça chorar, Lucas Lucatero. Só de me lembrar de suas promessas melosas me dá vergonha.

– Neves... Neves. Não tem como eu me esquecer de você. Se você é das que ninguém esquece... Você é suavezinha. Bem me lembro. Ainda sinto você aqui em meus braços. Suavezinha. Macia. O vestido que você usava para me ver cheirava a cânfora. E você se encolhia grudadinha em mim. E grudava tanto que eu quase sentia você entre meus ossos. Bem me lembro.

– Não fica falando essas coisas, Lucas. Ontem mesmo eu me confessei e você está despertando maus pensamentos e jogando pecado em cima de mim.

– Lembro que beijava você na dobra atrás dos joelhos. E que você dizia que ali não, porque sentia cócegas. Você ainda tem covinhas atrás dos joelhos?

– É melhor você calar a boca, Lucas Lucatero. Deus não há de perdoar o que você fez comigo. Você vai pagar caro.

– Fiz alguma coisa errada com você? Por acaso tratei você mal?

– Tive que tirar. E não me faça dizer isso aqui na frente de todo mundo. Mas só para você ficar sabendo: precisei tirar. Era uma coisa assim parecida com um pedaço de carne de sol. E para que eu ia querer ele, se o pai não passava de um folgazão?

– Quer dizer que isso aconteceu? Eu não sabia. Não querem um pouquinho mais de refresco de goiaba? Não demoro nadinha em preparar. Esperam um bocadinho.

E fui outra vez até o curral cortar goiaba. E lá fiz toda a hora que pude, enquanto esperava baixar o mau humor daquela mulher.

Quando regressei ela já tinha ido embora.

– Ela se foi?

– Sim, ela foi-se embora. Você fez ela chorar.

– Eu só queria conversar com ela, só para deixar o tempo passar. Vocês repararam em como demora para chover? Lá em Amula já deve ter chovido, não é?

– Pois é, anteontem caiu um aguaceiro.

– Não tem dúvida que aquele é um bom lugar. Chove bem e vive-se bem. Garanto que aqui nem as nuvens são parecidas com as de lá. Rogaciano ainda é o prefeito?

– Ainda é.

– Homem bom, esse Rogaciano.

– Não é, não. É um malvado.

– Vai ver vocês têm razão. E o que me contam de Edelmiro, ainda está com a botica fechada?

– Edelmiro morreu. E fez muito bem, embora pareça errado dizer isso; mas era outro malvado. Foi um dos que despejaram infâmias em cima do Menino Anacleto. Acusou-o de agoureiro e de bruxo e de engana-bobos. Andou por todo lado dizendo tudo isso. Mas as pessoas não deram confiança e Deus o castigou. Morreu roxo de raiva, como aqueles passarinhos que não se deixam contrariar e preferem morrer.

– Esperemos em Deus que ele esteja nos infernos.

– E que os diabos não se cansem de botar lenha nele.

– E também em Lirio López, o juiz que fez a sua parte e mandou o Santo Menino para a cadeia.

Agora quem falava eram elas. Deixei-as dizer tudo que quiseram. Enquanto não se metessem comigo, tudo bem. Mas de repente tiveram a ideia de me perguntar:

– Você quer ir com a gente?

– Para onde?

– Para Amula. Foi por isso que a gente veio. Para levar você.

Por um momento senti vontade de voltar para o curral. De sair pela porta que dá para o morro e sumir. Velhas infelizes!

– E que diacho eu vou fazer em Amula?

– Queremos que você acompanhe a gente em nossas preces. Nós, Congregadas do Menino Anacleto, abrimos uma novena de rezações para pedir que canonizem ele. Você é genro dele e precisamos que seja nossa testemunha. O senhor padre encarregou a gente de levar alguém que tivesse conhecido ele de perto e de tempos atrás, antes que ficasse famoso por causa dos seus milagres. E ninguém melhor que você, que viveu ao seu lado e pode dizer melhor que ninguém as obras de misericórdia que andou fazendo. É para isso que precisamos de você, para que nos acompanhe nesta campanha.

Velhas endemoniadas! Tivessem dito antes.

– Não posso ir – disse a elas. – Não tenho quem cuide da casa.

– Pois ficam duas moças aqui, já pensamos nisso. Além do mais, existe a sua mulher.

– Eu não tenho mais mulher.

– Logo a sua? A filha do Menino Anacleto?

– Já se foi. Botei ela para fora.

– Não pode ser, Lucas Lucatero. A coitadinha deve estar sofrendo. Boa do jeito que era. E jovenzinha. E bonita. Para onde você foi mandá-la, Lucas? A gente se conforta se você pelo menos tiver enfiado a coitada no convento das Arrependidas.

– Não enfiei ela em lugar nenhum. Botei para fora. E tenho certeza de que ela não está com as Arrependidas; ela gostava mesmo era do bulício e da preguiça. Deve andar por aí, esfrangalhando calças.

– A gente não acredita em você, Lucas, nada de nada. Vai ver ela está aqui mesmo, trancada em algum quarto dessa casa, rezando suas rezas. Você sempre foi muito mentiroso e até inventador de casos. Lembre-se, Lucas, das coitadas das filhas de Germelindo, que tiveram até que ir para El Grullo porque o pessoal assoviava para elas a canção que falava das "putinhas" cada vez que punham a cara na rua, e tudo isso só por causa dos fuxicos que você inventou? Não dá para acreditar em nada do que vem de você, Lucas Lucatero.

– Então nem preciso ir a Amula.

– Você faz a confissão primeiro e isso ajeita tudo. Desde quando você não se confessa?

– Ih!, já lá se vão uns quinze anos. Desde que os cristeiros iam me fuzilar. Puseram uma carabina em minhas costas e me fizeram ajoelhar na frente do padre e ali eu contei até o que não tinha feito. Então me confessei por antecipação.

– Se não existisse essa coisa de você ser o genro do Menino Santo, não viríamos atrás de você, quanto mais pedir coisa alguma. Você foi sempre muito endiabrado, Lucas Lucatero.

– Pois não por acaso fui ajudante de Anacleto Morones. Ele sim era o demônio em pessoa.

– Não blasfeme.

– É que vocês não conheceram ele.

– Conhecemos como santo.

– Mas não como santeiro.

– O que é que você está dizendo, Lucas?

– É que disso vocês não sabem nada. É que antes de ser santo, ele vendia santinhos. Nos mercados. Nas portas das igrejas. Eu carregava o caixote.

"E lá íamos nós dois, um atrás do outro, de aldeia em aldeia, de povoado em povoado. Ele na frente e eu carregando o caixote com as novenas de São Pantaleão, de Santo Ambrósio e de São Pascoal, que pesavam pelo menos três arrobas.

"Um dia encontramos uns peregrinos. Anacleto estava ajoelhado em cima de um formigueiro, mostrando para mim como é que quando você morde a língua as formigas não mordem você. Então os peregrinos passaram. Viram aquilo. Pararam para ver aquela curiosidade. Perguntaram: 'Como é que você consegue ficar em cima de um formigueiro sem que as formigas mordam você?'

"Então ele pôs os braços em cruz e começou a dizer que acabava de chegar de Roma, de onde trazia uma mensagem e era portador de uma lasca da Santa Cruz onde Cristo foi crucificado.

"Eles o levantaram dali em seus braços. Foi levado em andor até Amula. E chegando lá, foi um Deus nos acuda; as pessoas se prostravam na frente dele e pediam milagres.

"Esse foi o começo. E eu só ficando de boca aberta, vendo como ele engabelava o montão de peregrinos que ia vê-lo."

– Você é um tremendo falastrão e exagera na blasfêmia. Quem era você antes de conhecê-lo? Um pastor de pocilga. Pocilgueiro. E ele fez de você um homem rico. Deu tudo que você tem. E nem assim você é capaz de falar bem dele. Mal-agradecido.

– Até aí eu vou, agradeço a ele por ter matado a minha fome, mas isso não impede que fosse o diabo vivo. E continua sendo, esteja onde estiver.

– Ele está no céu. Entre os anjos. Está lá, por mais que isso incomode você.

– Eu sabia que ele estava é na cadeia.

– Isso foi há muito tempo. Fugiu. Desapareceu sem deixar rastro. Agora está no céu, corpo e alma presentes. E de lá, nos abençoa. Meninas! Ajoelhem-se! Rezemos o "Penitentes somos, Senhor", para que o Menino Santo interceda por nós.

E aquelas velhas se ajoelharam, beijando a cada Pai Nosso o escapulário onde estava bordado o retrato de Anacleto Morones.

Eram três da tarde.

Aproveitei esse tempinho para me meter na cozinha e comer uns tacos de feijão. Quando saí, só tinham sobrado cinco mulheres.

– O que foi feito das outras? – perguntei.

E Pancha, movendo os quatro pelos que tinha em seus bigodes, disse:

– Foram embora. Não querem saber de nada com você.

– É melhor assim. Entre menos burros, mais espigas. Querem mais refresco de goiaba?

Uma delas, a Filomena, que tinha estado calada o tempo inteiro e que de maldade era chamada de *a Morta*, debruçou-se em cima de um de meus floreiros e, metendo o dedo na boca, botou para fora todo o refresco de goiaba que tinha tomado, misturado com pedaços de torresmo e de fruta.

– Eu não quero nem a sua água, blasfemo. Não quero nada que venha de você.

E pôs em cima da cadeira o ovo que eu tinha dado de presente:

– Nem quero seu ovo! É melhor eu ir embora.

Agora, só restavam quatro.

– Eu também tenho vontade de vomitar – me disse a Pancha. – Mas aguento. Temos de levar você até Amula, do jeito que for.

"Você é a única pessoa que pode dar fé da santidade do Menino Santo. Ele haverá de amolecer a sua alma. Já pusemos sua imagem na igreja e não seria justo botá-la na rua por sua culpa.

– Pois procurem outro. Eu não quero acender vela nesse enterro.

– Você foi quase um filho para ele. E herdou o fruto da sua santidade. Ele pôs os olhos em você para perpetuar-se. Deu-lhe sua filha.

– Pois é, mas quando deu ela já estava perpetuada.

– Valha-me Deus, as coisas que você diz, Lucas Lucatero!

– Mas foi assim mesmo, ele me deu a filha já carregada de uns quatro meses pelo menos.

– Mas com odor de santidade.

– Com odor a pestilência. Digo isso porque ela mostrava a barriga a qualquer um que parasse na frente dela, só para que vissem que era de carne. Mostrava a pança crescida, arroxeada por causa do inchaço do filho que estava lá dentro. E eles riam. Achavam graça. Era uma sem-vergonha. Essa era a filha de Anacleto Morones.

– Ímpio. Não é de você dizer essas coisas. Vamos arrumar um escapulário para você pôr o demônio para fora.

– ... Ela se foi com um deles. Que dizia que gostava dela. Disse apenas: "Vai ver, eu sou o pai do seu filho." E ela foi-se embora com ele.

– Era fruto do Menino Santo. Uma menina. E você a conseguiu de presente. Você foi o dono dessa riqueza nascida da santidade.

– Baboseiras!

– O quê?

– Dentro da filha de Anacleto Morones o que havia era o filho de Anacleto Morones.

– Você inventou isso para botar coisas ruins em cima dele. Você foi sempre um invencionista.

– Ah, é? E o que vocês me dizem das outras? Ele deixou esta parte do mundo sem nenhuma virgem, sempre se valendo de que estava pedindo que uma donzela velasse o seu sono.

– Fazia isso por pureza. Para não se sujar com o pecado. Queria rodear-se de inocência para não manchar a alma.

– Vocês dizem isso porque não foram chamadas.

– Eu fui – disse uma que era conhecida por Melquíades. – Eu velei o sono dele.

– E o que aconteceu?

– Nada. Só suas mãos milagrosas que me abrigaram naquela hora em que a gente sente a chegada do frio. E eu agradeci o calor de seu corpo. E nada mais.

– É que você já era velha. Ele gostava das novinhas. Que os ossinhos quebrassem. Ouvir os ossos quebrando como se fossem casca de amendoim.

– Você é um ateu maldito, Lucas Lucatero. Um dos piores.

Agora quem estava falando era *a Órfã*, a do eterno choramingo. A velha mais velha de todas. Tinha lágrimas nos olhos e suas mãos tremiam:

– Eu sou órfã e ele me aliviou a orfandade; tornei a encontrar nele meu pai e minha mãe. Passou a noite me acariciando para que minhas penas fossem embora.

E as lágrimas escorriam.

– Então, você não tem por que chorar – disse a ela.

– É que meus pais morreram. E me deixaram só. Órfã, nessa idade em que é tão difícil encontrar apoio. A única noite feliz foi a que passei com o Menino Anacleto, entre seus braços consoladores. E agora você fala mal dele.

– Era um santo.

– Bom de toda bondade.

– Nós esperávamos que você prosseguisse a obra dele. Você herdou tudo dele.

– Pois o que ele me deixou de herança foi uma canastra de vícios dos mil judas. Uma velha louca. Não tão velha como vocês. Mas bem louca. A única coisa boa é que ela foi-se embora. Eu mesmo abri a porta.

– Herege! Você inventa puras heresias!

Naquela altura só restavam duas velhas. As outras tinham ido embora uma atrás da outra, me fazendo a cruz e recuando e com a promessa de voltar para os exorcismos.

– Você não haverá de negar que o Menino Anacleto era milagroso – disse a filha de Anastasio. – Isso sim, você não pode negar.

– Fazer filho não é nenhum milagre. E esse era o seu forte.

– Ele curou meu marido da sífilis.

– Não sabia que você tinha marido. Você não é filha do Anastasio barbeiro? A filha de Tacho, pelo que sei, é solteira.

– Sou solteira, mas tenho marido. Uma coisa é ser senhorita e outra é ser solteira. Você sabe muito bem. E eu não sou senhorita, mas sou solteira.

– Fazer isso na sua idade, Micaela?

– Tive de fazer. O que eu ganhava vivendo como senhorita? Sou mulher. E a gente nasce para dar o que dão para a gente.

– Você fala com as mesmas palavras de Anacleto Morones.

– Sim. Ele me aconselhou a fazer isso, para me curar do hepático. E me juntei com alguém. Isso da gente ter 50 anos e ser donzela é pecado.

– Disse Anacleto Morones.

– Sim, ele disse isso, sim. Mas viemos até aqui foi para fazer outra coisa. Fazer com que você volte conosco e certifique que ele era um santo.

– E por que não eu?

– Porque você não fez nenhum milagre. Ele curou meu marido. Eu sei disso. Por acaso você curou alguém da sífilis?

– Não, nem sei o que é isso.

– É uma coisa que nem gangrena. Ele ficou roxo e com o corpo cheio de manchas escuras. Nem dormia mais. Dizia que via tudo vermelho como se estivesse espiando a porta do inferno. E depois sentia ardores que faziam ele pular de dor. Então fomos ver o Menino Anacleto, e ele curou meu marido. Queimou ele com um junco ardendo e untou de saliva as feridas e, veja só, seus males acabaram. Agora me diz se isso não foi milagre.

– Ele devia ter é sarampo. Eu também fui curado com saliva quando era pequeno.

– Pois é o que eu estava dizendo antes. Você não passa de um ateu maldito.

– E me resta o consolo de que Anacleto Morones era pior que eu.

– Ele tratou você como se fosse um filho. E você ainda se atreve... Melhor não continuar ouvindo. Vou embora. Você fica, Pancha?

– Fico mais um pouco. Darei sozinha a última batalha.

– Escuta, Francisca, agora que todas foram embora, você vai ficar para dormir comigo, não vai?

– Nem se Deus mandasse. O que as pessoas iriam pensar? O que eu quero é convencer você.

– Pois vamos nos convencendo nós dois. Afinal, o que você tem a perder? Já está velha, ninguém vai cuidar de você, e não tem quem faça o que vou fazer, nem que seja por favor.

– Mas é que depois vem a faladeira do pessoal. Depois ficam pensando mal.

– Pois que pensem o que quiserem. Dá na mesma. E seja como for, você é você.

– Bom, eu vou ficar. Mas é só até que amanheça. E isso, se você me prometer que vamos chegar juntos a Amula, para que eu possa dizer a elas que passei a noite implorando e implorando. Se não, como é que eu faço?

– Está bem. Mas antes quero que você corte esses pelos do bigode. Vou trazer a tesoura.

– E você ainda caçoa de mim, Lucas Lucatero. Passa a vida vendo meus defeitos. Deixa meu bigode em paz. Assim ninguém vai suspeitar.

– Está bem. Como você quiser.

Quando escureceu, ela me ajudou a arrumar o telheiro das galinhas e juntar outra vez as pedras que eu tinha esparramado pelo curral inteiro, amontoando-as no canto onde estavam antes.

Nem imaginou que Anacleto Morones estava enterrado ali. Nem que tinha morrido no mesmo dia em que fugiu da cadeia e veio até aqui reclamar as propriedades de volta Chegou dizendo:

– Vende tudo e me dá o dinheiro, porque preciso fazer uma viagem para o norte. De lá eu escrevo e a gente volta a fazer negócios juntos, nós dois.

– E por que você não leva a sua filha? – respondi. – É a única coisa que sobra de tudo que tenho e que você diz que é seu. Até eu fui enrolado pelas suas manhas malvadas.

– Vocês irão depois, quando eu mandar avisar do meu paradeiro. E lá a gente acerta as contas.

– Seria muito melhor acertar de uma vez. Para ficar de uma vez mano a mano.

– É que agora mesmo eu não estou de brincadeira – me disse ele. – Então, me dá o que é meu. Quanto de dinheiro você tem guardado?

– Alguma coisinha, mas não vou dar nada. Vivi que nem Caim com a sem-vergonha da sua filha. Considere-se pago e bem pago só por eu sustentar essa mulher.

Ficou valente. Pisava duro no chão e estava com pressa de ir embora...

"Descanse em paz, Anacleto Morones", disse a ele quando o enterrei, e a cada volta que eu dava até o rio carregando pedras para jogar em cima dele: "Daqui você não sai, nem que use todas as suas tretas."

E agora a Pancha me ajudava a pôr outra vez o peso das pedras, sem suspeitar que ali embaixo estava Anacleto e que eu fazia aquilo de medo de que saísse da sepultura e viesse de novo me atazanar. Manhoso do jeito que era, eu não duvidava de que ele encontrasse um jeito de reviver e sair dali.

– Ponha mais pedras, Pancha. Amontoa elas neste canto, não gosto de ver meu curral cheio de pedras espalhadas.

DEPOIS ELA ME disse, já de madrugada:

– Você é uma calamidade, Lucas Lucatero. Você não é nada carinhoso. Sabe quem era amoroso com a gente?

– Quem?

– O Menino Anacleto. Ele, sim, sabia fazer amor.

fim

Posfácio

Eric Nepomuceno*

Anotações sobre um gigante silencioso

Juan Rulfo morreu no dia 7 de janeiro de 1986, na mesma Cidade do México onde havia chegado em 1935, aos 18 anos e na mais sombria solidão. Passou seus derradeiros meses encerrado no apartamento de um prédio de esquina, onde viveu os últimos anos de sua vida frágil, intensa e muitas vezes atormentada, na calle Felipe Villanueva, no bairro de Guadalupe Inn. Morreu aos 68 anos, 9 meses e 19 dias. Foi enterrado com honras nacionais.

Passado o tempo, ele continua sendo uma das poucas, quase únicas unanimidades na literatura da América Latina: é um dos autores mais estudados e reverenciados, um dos menos imitados. A mais conhecida edição crítica de suas obras completas, coordenada por Claude Fell, da Sorbonne, e publicada em 1992 (houve outra edição, ampliada, quatro anos depois) pela editora mexicana Fondo de Cultura Económica para a prestigiadíssima coleção *Arquivos*, da Unesco, tem exatas 1.044 páginas. Reúne textos de estudiosos de grande prestígio, como Alan Bell, Julio

*Este texto do tradutor Eric Nepomuceno foi publicado originalmente como Prefácio na edição de *Pedro Páramo & Chão em chamas* (Rio de Janeiro, Editora Record, 2004). (*N. do E.*)

Ortega, Gerald Martin, Jean Franco, Angel Rama e Jorge Ruffinelli. Traz ainda depoimentos comovedores de escritores de primeira grandeza, como o paraguaio Augusto Roa Bastos, o mexicano Carlos Fuentes e o colombiano Gabriel García Márquez. Antes e depois, outros autores das mesmas alturas, como o uruguaio Juan Carlos Onetti ou o argentino Julio Cortázar, haviam prestado justa reverência a ele. Não há como evitar o evidente: Rulfo é uma espécie de ícone para escritores de linhas, tendências, épocas e estilos completamente diferentes.

Escreveu dois livros invulneráveis e definitivos: os contos de *El llano en llamas* e o romance *Pedro Páramo*. Porém, o mais curioso – tomando-se uma vez mais, e apenas como exemplo, o volume da Unesco – é que o número de páginas dedicadas ao estudo de sua obra exígua supera, e muito, tudo que ele escreveu na vida. Das 1.044 páginas do livro coordenado por Claude Fell, os textos de Rulfo – de fragmentos de relatos a esboços de roteiros para o cinema, passando por notas para conferências e poemas, e incluindo seu romance e seus contos – ocupam menos da metade: 440. Outras 52 são dedicadas a uma selecionadíssima relação de trabalhos publicados ao longo dos anos sobre o autor de *Pedro Páramo*. Os trabalhos mencionados nessa rigorosa seleção somam mais de cinco mil páginas, publicadas nos quatro cantos do mundo e em meia dúzia de idiomas.

Seus dois livros alcançam, em seus manuscritos, cerca de trezentas páginas. Houve um terceiro e derradeiro livro *El Gallo de Oro*, publicado por insistência de seu amigo, o pintor Vicente Rojo. Traz os textos que Rulfo escreveu para o cinema, que em seus originais somavam umas setenta páginas. O título é o do argumento de um filme rodado em 1964.

Pois somando-se tudo, o que se escreveu sobre Juan Rulfo reúne pelo menos cinquenta vezes o número de páginas que ele deixou como legado, rascunhos e anotações inclusive.

Rulfo assumia a autoria de dois e apenas dois livros – o de contos, publicado em 1953, e o romance, de 1955. Depois, veio o silêncio. Numa série de conversas que tivemos em diversas etapas, entre 1981 e 1983, para um depoimento mais longo que nunca se concretizou, ele falava de mil e um assuntos para voltar sempre à mesma frase: "Eu tinha o voo, mas cortaram minhas asas. Perdi." Assim explicava seu silêncio. Jamais esclareceu quem havia cortado suas asas, talvez por pressentir que haviam sido cortadas sobretudo por ele mesmo.

Na verdade, nunca houve na América Latina um escritor mais silencioso que Rulfo. Este gigante em silêncio foi certamente o maior escritor mexicano do século XX, um dos maiores da América Latina e da literatura de todo o mundo em seu tempo. Seus dois e solitários livros foram suficientes para instalá-lo, de vez, no pedestal reservado aos mestres dos mestres. Na América Latina, são poucos, pouquíssimos, os autores que, como ele, dividiram o cenário das letras em um antes e um depois. Foi dono de técnicas de escrita especialmente audazes e modernas em seu tempo, e com elas tornou universal uma realidade local. Escreveu e revelou o mundo de seus fantasmas e esperanças, e, assim, nos revelou o mundo de todos nós.

Em 1953, enquanto Josef Stalin morria na União Soviética e Abdel Gammal Nasser subia ao poder no Egito, um acordo de paz foi assinado na Coreia, e em Turim, na Itália, Marc Chagall apresentou uma gigantesca e esplêndida exposição. Foi o ano em que Saul Bellow publicou *As aventuras de*

Augie March e George Stevens mostrou ao mundo seu filme *Shane*, que no Brasil seria batizado com o absurdo título de *Os brutos também amam*.

No México, um homem chamado Carlos Juan Nepomuceno Pérez Rulfo Vizcaíno eliminava quatro de seus seis nomes para aparecer na capa da primeira edição de um livro de contos editado pelo Fondo de Cultura Económica com o título de *El Llano en Llamas*: ali, em letras de forma, nascia Juan Rulfo. Aliás, esse nome extenso, iniciado por Carlos, aparece numa das duas certidões de nascimento do escritor. Na outra, a ordem muda: é Juan Nepomuceno Carlos, e depois vêm os sobrenomes. Com mais um detalhe: *Rulfo* não constava do batismo original, foi incluído depois, em homenagem ao avô paterno. Em alguém cuja vida foi tão cercada pelas névoas do mistério e da imprecisão, nada é surpreendente. A partir de *El llano en llamas*, ele perpetuou-se como Juan Rulfo.

Naquele 1953, estava com 35 anos, era pai de dois filhos e trabalhava como vendedor da fábrica de pneus Goodrich-Euzkadi. Antes havia sido funcionário do Serviço de Migração e, antes ainda, vendedor ambulante de uma pequena fábrica de pulque, uma fulminante bebida fermentada do líquido de determinado cacto.

Havia publicado alguns contos – cinco – em revistas literárias. Em 1938, iniciou um romance chamado *El hijo del desconsuelo*, que jamais terminou. "Era muito retórico, cheio de filosofices, metafórico, enfim, era muito ruim", comentaria décadas mais tarde com os amigos. Dizia que tinha começado a escrever para combater a solidão.

Em alguns círculos literários, os contos esparsos que Rulfo havia publicado em revistas e suplementos a partir de 1945 chamaram a atenção. Ao reuni-los num único volume, *El llano en llamas*, seu prestígio aumentou bastante. Passou a ser considerado um novo expoente da literatura regionalista mexicana, mas essa visão durou quase nada. É que uma leitura mais minuciosa deixava claro que seus contos rompiam qualquer classificação, negavam-se a ser reduzidos a determinado rótulo. Havia, naqueles relatos ao mesmo tempo áridos e extremamente poéticos, o manejo de novas estruturas narrativas que escapavam a tudo que havia sido feito antes. Na literatura de Rulfo palpavam-se ecos de outros autores que, na verdade, pouquíssima ou nenhuma gente conhecia no México. Eram ecos longínquos, já que serviam somente de base para que ele forjasse um estilo absolutamente próprio onde acomodar sua voz singular: a literatura russa do século XIX, autores nórdicos que havia lido em minúcia.

No romance abandonado, escrito "para combater a solidão", a temática não era rural. Ao revirar o núcleo de sua própria trajetória, a infância desolada no árido e violento estado de Jalisco, as raízes mais fundas da memória, ele encontrou o ambiente e as vozes mais apropriadas para desenhar seu mundo definitivo. E o polimento extremo de seus textos, reduzidos à essência e reforçados em sua consistência, acabou por se tornar a grande característica de Rulfo.

A linguagem de seus personagens é sempre a mais próxima possível da fala do campo. O cenário é descrito com exatidão: nada sobra, nada falta. Há sempre expressões populares, porque o narrador é, sempre ou quase, um homem do campo. "Eu não queria falar como um livro escrito, mas escrever como se fala", disse Rulfo em mais de uma ocasião. Que ninguém confunda, em todo caso, a busca de uma linguagem popular depurada e rigorosa com qualquer intenção deliberada de se encaixar nos limites da literatura realista ou da regionalista, ou do experimentalismo baseado na busca do coloquial extremo. Nada disso: era apenas o instrumento utilizado pelo autor para alçar seu voo único, irrepetível, exemplar e permanente.

Naquele mesmo ano de 1953 Rulfo ganhou uma bolsa do Centro Mexicano de Escritores, para escrever um romance cujo título inicial era *Los Murmullos.* Mudou o título assim que começou a trabalhar: entre os dias 15 de agosto e 15 de setembro daquele ano, anotou numa espécie de relatório periódico que encaminhou ao Centro:

Escrevi vários fragmentos do romance que penso em chamar de Los desertos de la Tierra.

Um ano depois, quando terminou a primeira versão do livro, ele entregou ao Centro Mexicano de escritores as 127 páginas definitivas de seu romance, que havia retomado o título inicial de *Los murmullos.* Essas páginas tinham várias correções, a maioria delas feita em tinta preta. Havia uma em tinta azul. Seriam publicadas em 1955, com outro título, definitivo e decisivo, e que ainda não tinha aparecido nas anotações: *Pedro Páramo.*

Anos depois, Octavio Paz mencionou que o trabalho daquela geração – com destaque específico para as 127 páginas de Juan Rulfo – marcou o tempo da verdadeira fundação de uma nova literatura, que "transformou os latino-americanos em seres contemporâneos de todos os homens".

Até o fim de seus dias, Rulfo haveria de se lembrar que daquela primeira edição ele deu de presente aos amigos a metade; a outra metade precisou de quatro anos para ser vendida. Não houve nenhuma avalancha de elogios entusiasmados da crítica, não houve nem rastro de uma multidão de leitores. O romance provocou certo impacto, e uma vez mais reforçou atenções sobre aquele escritor de aparência frágil e corpo miúdo. Mas não apareceu ninguém para dizer que aquelas 127 páginas meticulosamente datilografadas concentravam uma das maiores obras do romance contemporâneo, talvez o melhor romance mexicano de todos os tempos, e que nelas nascia o primeiro escritor latino-americano a se transformar em clássico ainda em vida.

No começo, a caminhada de *Pedro Páramo* foi lenta. Em 1958, quando o livro ainda nem havia chegado a uma segunda edição em espanhol, apareceu na editora alemã Carl Hanser, de Munique, a tradução feita por Mariana Frenk. No ano seguinte, veio a segunda edição do romance em castelhano, e a terceira do livro de contos. E aquele 1959 acabou sendo um ano redondo para Rulfo: a Grover Press levava *Pedro Páramo* aos leitores em inglês, e a poderosa Gallimard ao francês. Em 1961, o romance foi traduzido na Noruega e na Dinamarca. Dois anos depois, apareceu a tradução italiana. E a partir daí, *Pedro Páramo* não deixou de rodar mundo afora. Chegou ao Japão, à China e a lugares nunca imaginados pelo seu autor. Rulfo contou a tradução até 32 idiomas. Depois, parou. Achava muito estranho que o livro tivesse viajado tanto: afinal, insistia sempre em recordar que começou a escrever para combater a solidão.

Parou de contar as traduções, e parou de se programar para o lançamento do livro novo, que ele não conseguia levar adiante. Na verdade, a segunda vez que seu nome apareceu na capa de um novo livro foi também a última: até o fim ele insistiu em dizer que não tinha escrito mais nada que valesse a pena transformar em livro.

Viveu, de 1955 até o derradeiro suspiro, enfrentando cobranças. No começo, respondia com promessas. Depois, nem isso. Insinuou sempre a existência de um romance abandonado, cujas páginas foram rasgadas, chamado *La cordillera*. Chegou a anunciar o lançamento de um volume de contos chamado *Días sin floresta*. Se alguma vez existiram, esses livros foram condenados pelo autor ao banimento irremediável. Mas, durante anos, tornaram-se verdadeiros mitos no cenário da literatura da América Latina. Em vão: depois da morte de Rulfo, entre seus papéis encontravam-se apenas anotações, fragmentos, pedaços soltos de textos sem começo nem fim. Como se ele soubesse, em seu silêncio gigantesco, que seus dois livros já eram suficientes para que nunca mais nada fosse igual na literatura contemporânea da América.

Pedro Páramo se move entre diferentes tempos, em distintos planos narrativos, e em suas páginas rompem-se todas as fronteiras entre vivos e mortos. Há vários livros dentro deste romance conciso e contido. Uma história de amor desmesurado, desesperado e belo; também uma história da injustiça; outra, de vingança; e mais um painel depurado e amargo da realidade social nos campos do México de uma época imprecisa, e por isso mesmo, permanente; e também a história de um filho à procura do pai; e a de um povoado habitado por mortos e fantasmas. O crítico Jorge Ruffinelli soma, a estas, uma outra variante: "a fábula de um poder que se estraçalha contra o destino, à maneira de *O grande Gatsby* de Scott Fitzgerald."

Pois é isso e algo mais. Acima de tudo, o que determinou a grandeza desse livro de Rulfo é sua estrutura narrativa tão absolutamente única, seu desenho perfeito, sua arquitetura sutil e exata, a ausência de qualquer excesso. A atmosfera de névoas em que o tempo se faz e se desfaz, as almas penadas que convivem com aqueles que enfrentam a dureza e a violência de uma vida pautada por uma ordem social asfixiante, invencível, mas na qual os personagens conseguem encontrar a poesia de uma esperança desesperançada.

A atmosfera de neblina esgarçada, que insinua ambiguidades, se estabelece de forma esplendorosa já nas primeiras linhas do romance. Custa-se a perceber que, na verdade, o narrador inicial, Juan Preciado, não está falando com o leitor, e sim com outro personagem, a finada Dorotea. E mais: que os dois estão mortos. Assim, de maneira inesperada e com sutileza de equilibrista, vão se confundindo mortos e vivos ao longo do relato, até que essa diferença se dissolve por carecer totalmente de importância: o mundo de *Pedro Páramo* é outro e são muitos, onde tudo serve para que as peças deste mosaico se encaixem para alcançar a perfeição final.

Depois de *Pedro Páramo* não houve mais nenhum livro de Juan Rulfo. Ele foi, sim, o mais silencioso dos escritores latino-americanos. Um gigante que preferiu seguir a lição extrema que indica que quando não há nada que efetivamente valha a pena ser dito, mais vale o silêncio. O que ele havia dito antes já foi suficiente para permanecer valendo a pena para sempre. Em silêncio, como corresponde.

Nota do tradutor

Juan Rulfo era um obcecado pelo corte, pelo polimento final, pelo secar de um texto até reduzi-lo à mais rigorosa exatidão. Ao longo de nosso convívio, que foi de 1974 até a sua morte, lembro-me da insistência com que ele dizia: "No começo, você deve escrever levado pelo vento, até sentir que está voando. A partir daí, o ritmo e a atmosfera se desenham sozinhos. É só seguir o voo. Quando você achar que chegou onde queria chegar é que começa o verdadeiro trabalho: cortar, cortar muito." Também dizia, com ênfase, que em literatura pode-se mentir; o que não se pode é falsificar.

Ao traduzir seus textos, vivi por dentro esse rigor de Rulfo. Não há nada que sobre, não há nada falso no que ele conta. Entendi, também, que sua obsessão pelo corte, pela exaustiva lapidação, estendeu-se ao longo do tempo. Ele alterou os textos, retocou palavras, chegou a alterar a ordem dos contos, expurgou do livro de contos pelo menos um relato – "Passo do Norte" – durante anos. Para dar uma ideia da persistência de Rulfo, um de seus contos, "E nos deram a terra", teve, entre sua primeira aparição numa revista literária, e uma das edições "revistas e corrigidas" pelo autor (a 12ª, numa tiragem de 100 mil exemplares, de 1975), nada menos que 50 modificações. Conta-se que o pintor Bonnard costumava esgueirar-se pelos corredores do Louvre, levando escondidos debaixo do sobretudo pincéis e tinta, para retocar seus próprios quadros. Mais do que buscar a perfeição, desfrutava do prazer extremo – e certamente angustiado – de polir, lapidar. Conheço vários escritores que gostariam de fazer isso com seus textos, a começar por mim. Rulfo, em silêncio, fez isso durante anos.

Na década de 1990, Sergio López Mena dedicou-se à tarefa extenuante de comparar as diferentes edições dos contos e do romance de Rulfo com os originais depositados no Centro de Escritores do México (*Pedro Páramo*), nos arquivos da editora Fondo de Cultura Económica (*El llano en llamas*) e nas revistas onde inicialmente alguns contos haviam sido publicados. Sua conclusão: cada revisão, cada mudança indicava ter como objetivo situar de maneira mais profunda as palavras na realidade regional, encaixá-las no comportamento de determinados protagonistas e, acima de tudo, alcançar a concisão e uma deliberada ambiguidade. Entre uma e outra versão dos contos, substituiu nomes de árvores, suprimiu descrições, estendeu-se em modificar a narração em modo indireto pelo direto, incluiu expressões populares – e muitas vezes em castelhano arcaico – onde havia linguagem mais usual. Poucas vezes alterou a estrutura do texto: tratou apenas de se aprofundar no trabalho de lapidação e polimento. Às vezes cortou parágrafos inteiros; outras, resumiu parágrafos em uma ou duas frases.

O conto que foi retirado da coletânea em 1970, "Passo do Norte", e isso depois de ter sido severamente mutilado em edições anteriores, acabou sendo resgatado por ele em edições posteriores, uma década depois. Um sinal claro de que Rulfo não estava satisfeito com o resultado, a ponto de suprimi-lo sumariamente. Nesta edição brasileira, optou-se por incluí-lo em sua versão original e integral. Outro conto,

"O dia do desmoronamento", não aparecia em *El llano en llamas* até 1970, quando o livro chegou à sua 9ª edição. Na mesma edição aparece, pela primeira vez, o conto "A herança de Matilde Arcángel".

Também o romance *Pedro Páramo* sofreu modificações, embora em quantidade significativamente menor que os contos, entre 1955 e 1980, quando fez uma revisão final e definitiva. Mas ao longo do tempo, da versão manuscrita aos trechos esparsos publicados em revistas e suplementos, até chegar à edição original, foram muitas – e severas – as mudanças que Rulfo impôs ao texto. Sua intenção, conforme a conclusão de López Mena, era situar melhor o romance na atmosfera da tragédia e da poesia.

Rio de Janeiro, junho de 2004.

EDIÇÕES
BestBolso

Este livro foi composto na tipologia Minion Pro Regular,
em corpo 11/14, e impresso em papel off-set $56g/m^2$ no Sistema
Cameron da Divisão Gráfica da Distribuidora Record.